球場趣聞

金竟仔、嘉安、列當度、戴沙夫 合著

天空數位圖書出版

目錄

01.
有錢就是任性！
富商買球隊就是想當教練！

　　所謂「有錢使得鬼推磨」，有錢雖然不是萬能，卻可以能人所不能！最近有一名蘇格蘭富商，雖然年屆 60 歲，卻仍然對足球有一團火，於是決定注資一支西乙 B（第三級）聯賽球隊，並和球隊打賭說，如果能夠帶領球隊升級，就可以拿回投資在球隊的 15 萬英鎊（582 萬新台幣）。

　　話說這名蘇格蘭富商叫奇勒森（John Clarkson），在英格蘭擁有一間看護公司，卻對足球非常熱愛，曾經執教和注資多支英格蘭和西班牙低級別球隊。最近他球癮又大發，於是看中了負債累累的西班牙東北部球隊圖德拉諾（CD Tudelano），他承諾為球隊還債和支付球員薪金，而且將於未來 2 年注資 15 萬鎊，條件是讓他當主帥。他也跟球隊打賭說，如果能夠讓圖德拉諾升級，就可以拿走投資下去的 15 萬鎊。

　　奇勒森能夠率領球隊升級，然後拿回 15 萬鎊的機率有多大呢？其實圖德拉諾上季就有機會以西乙 B 第 1 組季軍的身分，參與升級附加賽，可惜最終敗北。本賽季卻因為財困而成為中游球隊，目前以 21 戰 28 分排第 9 位，距離可以晉身升級附加賽的第 1 組第 4 名 13 分。聯賽還有 19 場比賽，要追也不是沒可能喔！

2017 年 1 月

2

02.
因為巫術，所以立法

　　眾所周知，非洲大陸流行巫術，就像華人地區的「降頭」，信則有，不信則無。最近，盧旺達足球聯賽就因巫術引起軒然大波，迫得足協要挺身而出，修改規則，可謂史無前例。

　　一場平凡不過的盧旺達聯賽，因牽涉巫術而不平凡。主隊是 Mukura Victory，客隊是 Rayon Sport，上半場主隊落後 0:1，而且射手 Moussa Camara 兩次攻門，一次打中門柱，另一次打中橫樑，似乎沒能獲得幸運之神眷顧。

　　這時候，Camara 發現 Rayon Sport 的門將貼上道符，認定因此而不走運，所以在 Rayon Sport 守門員一次撲球後，箭步上前把道符撕下來，並極速跑向替補席（可能是全場比賽跑得最快的一次），把那道符交給隊友。

　　Rayon Sport 球員見狀，全隊馬上怒目相向，並上前追打 Camara，引起混戰。為了平息干戈，裁判遂向 Camara 拔出黃牌，理據何在，不得而知，只知道「符咒」一破，客隊即時失守。

　　比賽到 52 分鐘，Camara 飛頂破門，追成平手，真的是巫術惹的禍？雖然國際足聯並沒有相關條款，但為了防止爭議事件重演，盧旺達足協賽後制訂新球例，嚴懲球員在比賽中「施咒」，違規者可被罰款 99 鎊，對當地球員而言，已是一筆「巨款」。

　　然而，盧旺達足協似乎不打算追罰 Rayon Sport 的守門員，也沒有交代裁判當時拔出黃牌是否正確。

2017 年 1 月

03.
你的型格袖標，
讓我嗅到商機

　　就算你自問是義甲粉絲，也未必認得他的樣子，他叫 Alejandro Gómez，亞特蘭大隊長，充滿個人風格的義甲隊長。

　　截至第 22 輪，由年輕球員組成的亞特蘭大排名第 6，居然有力爭奪歐洲賽席位，令人喜出望外，未滿 29 歲的 Gómez 是主力陣容年紀最大的球員，也是陣中最矮的球員，身高只有 1 米 65。

　　他的外號叫 Papu，三大偶像是三名阿根廷中場艾瑪律、里克爾梅和貝隆，但讓他登上頭條的卻是手臂上的袖標。

　　早前球隊作客大勝基爾禾 4:1，Gómez 為了慶祝女兒兩歲生日，戴起了印有女兒頭像的袖標，旁邊還有一些動畫人物，非常可愛。毫無疑問，他的靈感是來自畫《冰雪奇緣》，Let It Go, Let It Go……迴腸蕩氣啊！

　　本賽季，別出心裁的他幾乎每場比賽都會戴起不同袖標，如「向母親節致敬」、《蜘蛛俠》、《足球小將》、甚至電玩《實況足球》。

　　靈光一閃，他的故事啟發台灣球員，把之轉化為商機，個性化的袖標為何不可以賣廣告？因為它只是與個人合作，代言費用有限，廣告商不妨考慮一下，球員本身也可以自我宣傳一下。

2017 年 1 月

04.
伯恩茅斯要保級，
所以球員睡前要戴橘眼鏡

　　伯恩茅斯在英超要保級，為了爭取好成績，主帥霍維最近開始要求所有球員，必須在睡前佩戴特製橘色眼鏡。為什麼？原來是希望球員們睡得更好！

　　伯恩茅斯的體育醫療部主管羅伯茨表示，球員們習慣在閒暇時間玩手機、打電動和看電視，這些行為會令眼睛吸收過多藍光波，如果在睡前還是這樣，會令腦袋受干擾，從而影響睡眠素質，沒有好睡眠就一定影響球員在場上的表現。球員們畢竟是年青人，要他們在晚上不碰電子產品實在太難，所以羅伯茨建議主帥要求球員，在睡前戴上可以隔去大部分藍光波的橘眼鏡，從而讓他們睡得更好。

　　伯恩茅斯球員們有否因此提升比賽狀態？我們不知道。不過從前就有球員佩戴橘眼鏡上場，就是前荷蘭悍將戴維斯。他是因為眼疾所以戴眼鏡上場，不料眼鏡成為他的「商標」，縱然後來眼睛好了還是戴上，甚至因此獲得廣告合同。所以或許這措施也為伯恩茅斯帶來商機也說不定。

2017 年 3 月

05.
沃爾科特竟沒跟對手交換錦旗，
　　賽後他卻這樣做……

　　業餘球隊薩頓聯（Sutton United）在英足聯盃迎戰兵工廠，成為不少人茶餘飯後的談論焦點。結果沃爾科特在這場比賽射進個人在兵工廠的第 100 球，助球隊以 2：0 終止薩頓聯的童話故事。雖然大胖子門將肖爾（Wayne Shaw）最終沒有出場，不過沃爾科特也發生了不少趣事。

　　沃爾科特在這場比賽擔任隊長，一般來說雙方隊長賽前須交換錦旗，只是不知道是小老虎忘記拿出來還是球隊根本沒帶，所以結果只有薩頓聯將錦旗交給沃爾科特，令球迷們在網上立即罵兵工廠不尊重對手。

　　比賽完結後，也許是沃爾科特希望作出補償，所以走進薩頓聯的更衣室。他進去後立即成為對手的焦點，薩頓聯球員不是要報仇，反而是走到沃爾科特面前要求簽名和合照，就像普通球迷追星一樣，令場面變得相當搞笑。

2017 年 2 月

06.
取消越位+滿犯離場？

前 AC 米蘭射手 Marco van Basten 球員時代是荷蘭三劍客之一，成就斐然，退役後執教過荷蘭國家隊和阿賈克斯，去年獲邀加入國際足聯擔任技術總監，近日傳出充滿「革命味道」的新足球規則構思，當中不乏天馬行空的想法，也有一些我們聽過但沒想過會被「放在桌上」的意念，大家有何看法？

1. 完全取消越位條例

為了鼓勵進攻，更多進球，van Basten 建議取消越位，更可同時減少誤判。越位取消後，助理裁判的職能需要改變，說不定在日後的足球比賽，裁判的角色會重新定位，助理裁判也有權力叫停比賽。

2. 新增橙牌

在紅牌和黃牌以外，新增設「橙牌」，van Basten 表示：「球員被罰下 5 至 10 分鐘，讓犯規一方陷入人數劣勢。」此舉的目標是降低球員犯規的誘因，但第 3 點卻是剛剛相反。

3. 犯滿離場

像籃球比賽般，每名球員在一場比賽，只允許犯規 5 次，第 5 次犯規便要被罰下……似乎又會增加球員犯規的誘因，尤其是在比賽的末段。

4. 十二碼大戰變單刀大戰

這種創意做法曾在美職聯出現，當比賽需互射 12 碼時，攻守雙方以西部牛仔的對決進行，劊子手與門將在 8 秒內一對一決鬥。美國人不用了，van Basten 卻打算讓它「重生」，奇哉怪也！

5. 停錶

90 分鐘比賽分為 4 節進行與籃球「接軌」，到了最後 10 分鐘，更會採用「停錶」規則，藉此減少停頓和拖延時間。「停錶」出現的可能性成疑，皆因這做法會無限延長比賽，與其他運動項目的改革背道而馳，也會令廣告商大失信心。

6. 增加換人

至少把換人名額增至 4 人，最多可能增加到 12 人，而且被換出的球員也可以重新進場。加時賽，雙方允許增加 1 或 2 個換人名額，使比賽更加吸引。

7. 隊長特權

在橄欖球比賽，只有隊長才擁有「特權」與裁判交流，van Basten 希望減少裁判被圍堵的情況，更認為可以減少雙方在比賽上的衝突。

2017 年 1 月

球場趣聞大

07.
背叛球隊的人，
要拋蛇懲罰他？

　　職業足球員轉投其他球隊，在現代足球壇已經是司空見慣。只是如果球員轉投的是死敵球隊，特別是他本身在球隊聲望很高的話，就很容易令球迷因愛成恨，將他們視為「叛徒」，部分激進者更會做出報復行為。

　　澳洲職業球隊西雪梨流浪者門將亞涅托維奇（Vedran Janjetovic），是本賽季的西雪梨新球員，之前 4 年卻效力同市死敵雪梨 FC，所以被雪梨 FC 的球迷當作叛徒。早前亞涅托維奇隨球隊回到雪梨 FC 的主場作賽，不僅被主隊球迷「熱情招待」，更有球迷在比賽期間向他拋塑膠蛇，只是玩具蛇打不中亞涅托維奇，卻掛在球門網上，反成為其他球迷的談資。

　　亞涅托維奇看到球迷的行為，採取視而不見，還很專心的為新東家把關。結果雙方互無紀錄終場，亞涅托維奇做好他的工作。球迷不但拋不中他，還見到他擋住自己球隊的射球，看來應該會被氣死吧！

2017 年 1 月

08.
身兼四職的胖子門將迎戰兵工廠

一個體重 280 磅超大碼門將，一個身兼四職業餘門將，一個看上去完全不像足球員的足球員，將會代表業餘球隊瑟頓聯在英格蘭足總盃迎戰兵工廠，就算只坐板凳也會創造歷史！

今年 46 歲的 Wayne Shaw 在前東家與球迷打架，遂被直接開除，於是轉投瑟頓聯擔任替補門將，同時是教練、球場管理員和聯絡主任。

因為球隊的主場館是由教練、球員合夥興建的人造草球場，平日會對公眾開放，需要人手打理，Shaw 與部分職員便要參與。出道前 Wayne Shaw 是聖徒南安普頓的青年軍，擔任前鋒衝鋒陷陣，與 Alan Shearer 做過隊友，並一起前赴瑞典集訓。

由瑞典回英後 3 個月，Shearer 升上一線隊，完成帽子戲法嶄露頭角，他卻被掃出大門，輾轉加盟不同低級別球隊，直到有一次意外客串門將，巧合球隊獲勝，因而由前鋒改為門將。

為了延續足球夢，Shaw 目前住在南安普頓，每星期一乘火車到瑟頓聯，每星期有三個晚上留在辦公室，睡在沙發。岳父嘲笑他身材不像運動員，Shaw 毫不在乎，而且從不節制飲食，以往幫叔叔賣冰淇淋，順便天天偷吃冰淇淋，而且每天由早餐開始飲啤酒，變成今天的胖子門將。

2017 年 2 月

09.
笑看中朝足球淵源

　　朝鮮半島局勢持續緊張，北韓又再試射導彈，金正恩咧嘴而笑，美日韓向中國施壓，冀可避免戰爭發生。斬不斷、理還亂，中朝足球不缺交流，2010 年世界盃的「球衣事件」更鬧出笑話。

　　鴻星爾克，相信不少讀者都聞所未聞，這是一個大陸體育用品品牌，但名氣不及李寧、特步和安踏，它曾是北韓國家隊的贊助商。話說 2010 年世界盃資格賽，北韓仍是穿起鴻星爾克，但到了決賽圈前幾天，突然宣布轉向，與義大利品牌 LEGEA 達成協議。

　　2008 年下旬，鴻星爾克已與北韓結成合作關係，之前的贊助商包括 FILA、LOTTO、ADIDAS 和茵寶等，名義上是合作，實際上只是送來一批沒加工的球衣，北韓則自行貼上國旗的不乾膠紙。每次北韓隊只會收到一批球衣，所以球迷過往常常見到他們的球衣，根本沒洗乾淨，便貼上新號碼，這樣便可解釋他們每隔兩年更換贊助商的原因。

　　北韓在世界盃前坐地升價，鴻星爾克希望球衣能夠在中國發售，雙方始終談不攏，故此世界盃開始前的熱身賽，他們私底下決定「網購」西班牙品牌 Astore 的 T 恤取代球衣，踢完對南非、巴拉圭和希臘。西班牙沒和北韓建交，Astore 霧煞煞，起初以為是有內部人員中飽私囊，調查後獲悉只是對方利用正常渠道買購了一堆 T 恤而已，完全沒有可疑之處。

　　LEGEA 簽下了 4 年合約，總值 200 萬歐元，方知做了冤大頭，噱頭倒是賺不了多少，反而麻煩是有的。北韓足球隊簽

約後，要求高科技的球衣，顯然 LEGEA 是做不到的，除非他們派人偷取 NIKE 或 ADIDAS 的專利技術。其後，北韓又提出把已故領袖金日成的頭像印在球衣上，但國際足聯早已規定，任何球衣不得作政治宣傳。

世界盃前最終敲定，LEGEA 什麼都不管了，只是提供什麼都沒有的球衣，而北韓只是穿了幾場比賽，結果也沒收到贊助費。約滿後雙方當然沒有再續約，北韓也找回自家制的品牌了…中國品牌會再向北韓伸出友誼之手嗎？或許會，但不會是短期內的事情了。

2017 年 5 月

球場趣聞大

10.
胖羅神勇贏世界盃，
剪河童髮竟為遮羞

　　說起足球界的羅納度，球迷們首先想起的應該是葡萄牙和皇馬的 C 羅，但在 C 羅之前的世界，威風八面的卻是擁有外星人稱號的「胖羅」。胖羅在 2002 年世界盃決賽，個人獨取兩球協助巴西成為 5 屆世界盃得主。當時他突然剪了河童髮型，結果髮型跟他的球技一樣令人驚訝，只是最近他卻坦言河童髮型只是為了遮羞。

　　早前胖羅接受巴西 ESPN 訪問表示，2002 年世界盃決賽前，他再次弄傷大腿，所以當時只有六成狀態。或許是 1998 年的世界盃決賽中，他突然嚴重失準導致巴西失冠，也令他被千夫所指，對此仍心有餘悸，所以他決定剪河童髮型，務求讓外界將焦點集中在他的髮型上。結果他失敗了，因為雖然他的髮型很奪目，不過他的六成狀態也足以讓他成為決賽英雄，所以看來胖羅對自己太沒自信了。

2017 年 5 月

11.
猜猜誰是 Messi 的鄰居

　　巴塞隆拿中場 Rakitić 近日接受訪問，說隊友 Messi 之前的鄰居把房子出租，但住客經常發出噪音，令 Messi 一家感到煩厭，最後在 2013 年一併購入對方的房子，不再受到鄰居的噪音騷擾。寫到此，筆者也想做 Messi 鄰居，然後進行發財大計，哈哈。但 Messi 當時的麻煩鄰居會是誰呢？筆者就有以下猜想！

Pepe（皇家馬德里後衛）

　　Pepe 經常在國家打吡的賽事中挑釁 Messi，更加試過踩傷他。當時騷擾 Messi 的可能原因就要令他感到煩厭，沒心情比賽，幫助同鄉 C.Ronaldo 奪得當年的金球獎吧。

Marcelo（皇家馬德里後衛）

　　國家打吡的賽事中，Marcelo 都曾經與 Messi 發生衝突，而且他是巴西球員，憎恨阿根廷球員是很正常。

Duda（馬拉加後衛）

　　2008 年，當年僅 21 歲的 Messi 比賽時向 Duda 吐口水，被電視鏡頭攝下來。西班牙聯賽賽會之後調查，但是沒有處罰 Messi 停賽。Duda 懷恨在心，就在往後幾年住在 Messi 隔壁，一直用噪音復仇。

2017 年 9 月

12.
英超複姓球員增加 18 倍

在大家的身邊總會認識一些朋友，他們的姓氏是複姓，比如說歐陽或司徒之類。複姓當然不是華人的專利，英國人也有不少複姓人，英超球員也不例外。有趣的是原來本賽季在英超各球隊的註冊球員當中，有 18 人是複姓，而在英超成立的第 2 個賽季——1993-94 年賽季，卻只有 1 個複姓球員。

若要大家找出其中一個現役英超複姓球員，相信兵工廠的張伯倫應該是最簡單的答案。雖然媒體都只是稱他為張伯倫，他的球衣也只印上張伯倫，不過他的正確姓氏應是奧斯利張伯倫（Alex Oxlade-Chamberlain）。另外一個比較有名的英超複姓球員，就是南安普頓中場沃德普勞斯（James Ward-Prowse）。至於其餘 16 名複姓球員，由於多半是名不經傳的青年球員，所以就不在此多說了。

回到 1993-94 年賽季，那時只有一名英超複姓球員，就是謝周三的前英格蘭國腳中場巴特威廉姆斯（Chris Bart-Williams）。這名球場硬漢在接下來的 4 個賽季，成為英超的唯一。不過踏進往後的 11 個賽季，複姓球員數量也就在 3 至 5 人之間。直到 2010-11 年賽季，複姓球員就踏進雙位數，本賽季更是擁有史上最多的 18 人。

有當地專家認為是近年的英國母親，都希望讓孩子繼承娘家的姓氏，所以出現愈來愈多複姓新一代。如果真的是這樣的話，將來如果球迷想在球衣印上偶像的姓氏，恐怕要花更多錢了。

英超複姓 18 人：

1. 兵工廠：奧斯利張伯倫（Alex Oxlade-Chamberlain）、Jeff Reine-Adelaide、Ainsley Maitland-Niles、Jordi Osei-Tutu

2. 切爾西：路夫斯捷克（Ruben Loftus-Cheek）、Isaac Christie-Davies、Martell Taylor-Crossdale、Malakai Hinckson-Mars

3. 水晶宮：Aaron Wan-Bissaka

4. 埃弗頓：Dominic Calvert-Lewin

5. 萊斯特城：Kiernan Dewsbury-Hall

6. 利物浦：Trent Alexander-Arnold

7. 曼聯：Timothy Fosu-Mensah

8. 南安普頓：沃特普勞斯（James Ward-Prowse）

9. 托特勒姆熱刺：Kyle Walker-Peters（不是國腳右後衛那個喔）、Cameron Carte-Vickers

10. 西漢姆聯：Djair Parfitt-Williams、Jahmal Hector-Ingram

2017 年 5 月

球場趣聞大

13.
紅軍血洗槍手，
話題新瓶舊酒

　　一輛火車在軌道上行走，有一天突然厭倦了不受歡迎的路線，渴望轉到城中心的路軌，享受萬人空巷的簇擁，但它依然每天營營役役選擇在同一條軌道行駛，最終有可能去到城中心嗎？可能嗎？「災難性的表現，我們會深度檢討大敗的原因，如果我有問題，我會說對不起，但我不是唯一的問題，全隊都要為此負責。」Arsene Wenger 的回應，認同的寥寥無幾。

　　槍手新面貌，老問題猶在，豆腐防線非一般的脆弱，若非門將 Petr Cech 救了多記險球，第 5、6、7 個失球數之不盡。Wenger 排出來的 11 人正選，Alexis Sanchez、Mesut Ozil、Alex Oxlade-Chamberlain 和 Hector Bellerin 不久已無心戀戰，鬥志成疑，其中 3 人均傳出夏天萌生去意，未知是否與此有關？

　　何其諷刺！本賽季兩名主要新援 Alexandre Lacazette 和 Saed Kolasinac，加盟後表現不俗，兩人都沒有正選，其中前者要讓路給傷癒不久的 Sanchez。莫非，Wenger 是用行動回應反對聲音？「我已用了 Sanchez，只是他沒有表現。」「我已嘗試同時派出 Lacazette 和 Giroud 改變戰局，可惜他們做不到。」「你們批評我不變陣，現在變陣了，又如何？」假如總教練用這種態度，倒不如把帥印交給球迷好了。

　　槍手已連續 3 場被紅軍擊倒，Wenger 一籌莫展，我們看不見任何改善，反而一場比一場更差。自從 2011/12 賽季，槍手在 Big 6 內戰打了 61 場，排名敬陪末席，只能在 183 分中取得 65 分，比起熱刺更為遜色，試問如何爭冠！今時今日，誰都清楚知道紅軍的側擊銳利，Mohamed Salah 和 Sadio Mané 靈活

快速，又可助攻，又可得分，足以撕開任何防線，槍手卻執意三中衛戰術，邊路缺口路人皆見。再說，槍手的攻守速度跟不上紅軍，屢屢被防守反擊打得落花流水，這些都是老問題。

3 年來，槍手首次在整場比賽沒有射門命中目標，可見攻不強、守不穩，上半場已被弄得進退乏據。原來，6 年前的同一天，槍手以 2:8 被曼聯屠殺，6 年後的同一天，物是人非，槍手似乎沒有改變，一樣的酒，只是瓶子不變而已。

2017 年 8 月

球場趣聞大

14.
歐洲新手有奇葩

本賽季歐洲主流聯賽充滿驚喜，尤其是名氣不大的新手，集體反擊豪門霸權，且看在滾滾的長江之中，有多少草根球隊在賽季結束時生還？

神奇球隊

擁有 109 年歷史的哈特斯菲爾德，藉附加賽升上英超，前三輪兩勝一平，一鳴驚人，乍現神奇球隊的影子。現任總教練 David Wagner 是利物浦主帥 Klopp 的好朋友，其充滿創意的執教方法，引起高度關注，被視為歐洲足壇的後起之秀。其實，哈軍曾經威風一時，這兒是前利物浦傳奇教練 Bill Shankly 的成名地，曼聯名宿 Denis Law 也在這兒留下了不少足印。

海鷗傳奇

上賽季英冠亞軍布萊頓外號「藍海鷗」，相隔 34 年再次回到頂級聯賽，亦是首次參與英超。20 年前，他們只差 1 球，就會墮落業餘聯賽，及後得到重生，幸得有心人班主 Tony Bloom 打救，10 年來總共投資 2.5 億鎊，而今總算得償所願，沒辜負當初一番心血。陣中最為人熟悉的是前切爾西中場 Steve Sidwell，還有前英超主帥 Chris Hughton。

浴火重生

這幾年，多支歐洲小球會大爆發，與威尼斯相距只有 100 公里的史帕爾，全城約 22 萬人，本賽季是自 1968 年以來，首

次升上甲級角逐。上世紀八十年,他們曾在徘徊在丙級,更試過業餘聯賽滋味,2012 年破產後浴火重生,令人嘖嘖稱奇。20 歲年輕門將 Alex Meret 是升級功臣,本賽季繼續由烏迪內斯租借而來。

奇跡小「貝」

始於 1929 年的義大利小球會貝內文托,兩年前仍是半職業球隊,本賽季歷史性升上義甲,整個城市僅 6 萬人,主場容納已超過 3 分之 1。危與機並存,7 年前,班主之一兼行政總裁兼青訓主管逝世,球迷湧進當時 12800 人的球場,顯示團結之心,幾經艱辛,2015/16 賽季升上乙級,上賽季奇跡取得甲級資格,成為義大利足球史上首支「一試成功」的球隊。

曼城之「子」

1930 年創建的西班牙小球會赫羅納,上賽季附加賽勝出,首次升上西甲角逐,陣中擁有數名曼城租借球員。原因是他們其實是曼城的「子球會」,目前由 Guardiola 兄長 Pere 開設的公司管理,相信會為母隊提供培養小將的「服務」,陣中最著名的球員自然是烏拉圭前鋒 Christian Stuani。

只靠努力

沒有後台、背景的法甲升級馬亞眠 Amiens SC,誕生 116 年,歷史性升上頂級聯賽,外號「獨角獸」(The Unicorns),

過去和現在也沒有知名球星，有的只是「努力」兩個字。他們比平凡人更加平凡，毫不起眼，上賽季最後一場補時最後一刻的絕殺，為他們贏得法甲資格，也被電視台選為上賽季的「精采一刻」。

2017 年 8 月

15.
這種門票定價是新招數？

世界球迷熱愛英國足球，但英國人卻是啞巴吃黃連，有苦自己知，尤其是在居高不下的門票價格，兵工廠本賽季季票甚至高達 2013 鎊（7.7 萬元新台幣），真正粉絲叫苦連天。然而，低級別球隊仍要想盡辦法，吸引球迷走進球場。

目前位處於英甲的巴拉福特宣布，下賽季兒童門票只需 0.21 鎊（8 元新台幣），沒錯，就是 0.21 鎊，比白菜價更便宜！所有 11 歲或下的兒童，下賽季只需要 0.21 鎊便可購買單場門票，整季季票亦只需要 5 鎊而已，簡直是一張票、看到笑。

成人季票方面，巴拉福特不變應萬變，最便宜只需要 149 鎊（5690 元新台幣），與本賽季維持一樣，不加也不減。停一停、想一想，聰明的讀者當然預料到這是拋磚引玉的方法，兒童進場，成年人當然會陪伴左右，這是刺激上座率的好方法。

下賽季，球隊目前有力爭取升上英冠，有可能成為最門票便宜的球隊。目前，英冠最貴的季票是諾里奇，高達 646 鎊，最便宜的是哈德斯菲爾德，只需 179 鎊。現代社會的父母寧願花錢在自己的孩子身上，也不願花在自己身上，巴拉福特的方法值得我們參考。

2017 年 5 月

16.
歐冠聯女足，知多一點點

美國女足大球星 Alex Morgan，繼奧運金牌、女足世界盃之後，再奪歐冠獎盃，實現大滿貫美夢！本賽季女足歐冠決賽在加迪夫上演法國內戰，里昂女足和巴黎聖日爾曼女足，鏖戰120 分鐘，互交白卷，里昂互射 12 碼險勝 7:6，成為本賽季歐洲足壇首支三冠王！

全球關注歐冠聯男足，但女足決賽受到的注目較低，這一次就趁機會介紹一下這項改變世界女子足球的盛事。1999 年，第三屆女子世界盃在美國圓滿落幕，歐洲足聯一年後批准舉辦女足歐洲賽，首屆賽事於 2001/02 賽季拉開戰幕。嚴格而言，2009 年之前，賽事名稱是 UEFA Women's Cup，不該叫女足歐冠，較合適的說法是女足歐洲聯盟盃。當時只有各大聯賽的盟主才可參賽，部分國家不設女子聯賽，就由盃賽冠軍獲得參賽權。

經過第一輪資格賽後，各隊會躋身第二階段分組賽，誕生八強，便會直接淘汰。除了首屆之外，決賽都是採取主、客兩回合制，其一是女足比賽經常入不敷出，難以找到中立場地；其二是兩回合制，有利雙方在主場比賽時增加比賽收入。德國人擅長發展體制，北歐是女足強大勢力，但只限於國家隊，球隊級別的話，德國姑娘統領武林多年，法蘭克福、波茨坦渦輪和杜伊斯堡瓜分了頭 8 屆賽事的 5 個冠軍。

法蘭克福女足是著名勁旅，可能與她們並非屬於男足，而是單獨經營一支女足球隊有關，2015 年破天荒四度奪得歐冠。德國女足靈魂人物 Dzsenifer Marozsán（現效里昂），雖非法蘭

克福青訓產品，但年僅 17 歲加盟，踢出名堂，歐洲鋒霸 Birgit Prinz 和超級門神 Nadine Angerer，同樣是前世界足球小姐，兩位姑娘更是代表人物。改制之前，瑞典著名球隊 Umeå IK 合共 5 次殺進決賽，最大牌的球星莫過於女版小羅瑪塔，她在 18 歲時憑一己之力殺破法蘭克福，首個賽季已為球隊帶來獎盃。

我們較常聽到阿森納女足的名字，但其歷史地位難以同上述的球隊相提並論，過往只曾 2006/07 賽季封后，也是英格蘭球隊唯一冠軍。改制前最後一屆決賽，現場觀眾打破紀錄，錄得超過 2.8 萬人，剛好用最熱烈的方式迎接新時代的來臨。

2009 年改制，賽事正式易名為女子歐冠（UEFA Women's Champions League），獎盃也決定重新設計，主流聯賽如如德國、法國、義大利、英格蘭、瑞典等，獲得更多參賽名額，決賽回到一場定生死，並在男足歐冠決賽的同一國家舉行。昔日霸主法蘭克福力有不繼，實力也出現大轉移，法國乘勢崛起，里昂由名不經傳的傻儸變成歐洲豪門，連帶法國女足也成為歐洲黑馬，現時國家隊的 Wendie Renard、Eugénie Le Sommer、Jessica Houara、Elodie Thomis、Amel Majri 等多人均來自他們，而女版伊布和日本前鋒大野忍也留下過足跡。

里昂女足實現史無前例的聯賽 11 連霸，改制前兩年連續殺入四強，改制後一發不可收拾，隨後三年殺入決賽，兩度奪魁。去年，里昂再挺進決賽，互射 12 碼戰勝狼堡女足，今年遇上來自同一國家的挑戰者巴黎女足。幸好，衛冕的里昂並沒因主力因結婚而退役，出現倒退，Marozsán 的加盟提升攻力，

Morgan 來投更是瑰寶。四強戰，里昂遇上英超女足冠軍曼城，受惠於 Carli Lloyd 決戰 Morgan 合演美國大戰，連 ESPN 也順應民意，臨時決定破天荒直播。

2017 年 7 月

17.
球門被球員弄壞

　　足球比賽跟上班族一樣會遇上超時的情況，而且超時的原因也是五花百門，不過在最近舉行的澳洲職業聯賽竟然因為球員撞破球門導致延時接近 45 分鐘。

　　Perth Glory 前鋒 Tomislav Mrcela 在門前施展頭球，不僅把皮球頂進網窩，他的龐大身軀同時飛進球門，把其中一根球門柱拉斷。球門破了令球賽不能繼續進行，所以球場工作人員需要把有滾輪的練習用球門拿來應急，而且為了公平起見，連另外一邊沒有壞的球門也要換掉。花一輪功夫後比賽才能重新開始，由於 Mrcela 攻門時在越位位置，所以撞破球門的進球被判無效，幸好 Perth Glory 最終還是以 4 比 1 大勝。

2019 年 3 月

18.
球星假扮計程車司機

　　坐小黃幾乎是每個人都曾經嘗試過的體驗，可是如果有一天當你發現為你駕駛小黃的是所擁護球隊的球星，不知道你會有什麼反應呢？

　　3 名西漢姆聯早前在球隊舉辦的網上比賽獲勝，獎品是可以到球隊訓練基地參觀。由於英國球隊的訓練基地一般設置在偏遠地區，所以球會安排專車接送他們。

　　不過他們竟不虞有詐，因為接載他們的居然是喬裝後的隊長 Mark Noble 和中場球員 Robert Snodgrass，而且二人更在車上故意挑起 3 名獲獎球迷喜歡什麼球星，幸好他們當中有人回答喜歡 Noble 隊長，不然有什麼交通意外就不知找誰買單。

　　到了訓練基地後，Noble 和 Snodgrass 終於表明身分，令 3 名獲獎球迷大吃一驚。不過當他們收到兩名球員的簽名球衣作禮物之後，肯定什麼也不會害怕了。

2019 年 2 月

19.
門將耍帥而失球

　　門將不能用手接應隊友的回傳球，所以就算是守門員也必須具備基本腳法，不過有時候也不能對自己的腳法太有自信，否則就會造成無窮後患。

　　義大利乙級聯賽球隊 Ascoli 的門將 Filppo Perucchini 早前在一場對 Palermo 的比賽中用腳接過隊友的回傳球，對手前鋒迅即趕至，Perucchini 沒有立即把球大力送到前方，居然選擇以假動作希望扭過對手。

　　可是畫虎不成反類犬，Perucchini 控球轉身的時候卻把皮球踢進自己網窩，令 Palermo 得以先開比分。最終 Ascoli 以 0 比 3 落敗，Perucchini 不僅成為對手的贏球功臣，更成為全球球迷的笑柄。

2019 年 3 月

20.
沒有助跑的十二碼射門

　　前中華民國國腳林尚義以往在評球時說過，主射 12 碼球必須有足夠助跑，不然腳沒法用力射門，射門就比較容易被對手門將救出。當然這個世界並非一本天書看到老，所以芸芸眾生中也有例外者。

　　擁有西班牙國家隊最年長進球者記錄的 Athletic Bilbao 老前鋒 Aritz Aduriz 早前在面對 Real Valladolid 的西甲賽事中，竟然在左腳踏住草地同時右腳只後退一步之下，就輕易把皮球送住球門下方死角破網。

　　當然這種厲害的主射 12 碼球技巧並不是每個人都可以做到，所以如果要增加命中率的話，或許學習 Paul Pogba 那種往後退很多步然後慢慢踱步到 12 碼球點再大力抽射的方法會比較好。

2019 年 2 月

21.
樂極生悲

　　當看到心愛的球隊在最後關頭終於取得致勝進球，覺得興奮甚至作出無傷大雅的激烈行為也是正常反應。不過英格蘭甲級聯賽球隊 Charlton Athletic 球員 Kristian Bielik 最近就因為球迷慶祝行為遭受無妄之災。

　　早前 Charlton Athletic 在終場前一刻才射進 12 碼，結果以 1 比 0 擊敗 Accrington Stanley。進球後多名 Charlton Athletic 球迷忍不住衝進球場與球員相擁慶祝，只是其中一名球迷竟失足倒地像球員鏟球般，Kristian Bielik 卻不小心被那球迷鏟中小弟弟，令他倒地不起，結果 Bielik 很可能因此沒法在下一場比賽上場，這真是傷得非常冤枉。

2019 年 4 月

22.
有什麼比陪太太進產房更重要

　　老婆臨盆在即的時候，有什麼東西比陪伴老婆進產房還重要？對於英乙球隊 Newport County 門將 Joe Day 來說，先打好足總盃比賽肯定更重要。

　　這名 28 歲門將在英格蘭足總盃第 4 圈重賽面對比他們高兩級，來自英格蘭冠軍聯賽的前列球隊 Middlesbrough 施展卓越的救球工夫，最終協助球隊爆冷擊敗對手晉級 16 強賽。

　　賽後 Joe Day 立即離開球場，Newport County 領隊 Michael Flynn 表示 Joe Day 希望趕到醫院陪伴老婆，所以賽後立即問他可否提早離場。Flynn 不僅表示可以，還問 Joe Day 是否需要開車載他一程，令這場比賽更添人情味。

2019 年 4 月

23.
懸殊的比分

「甚麼？四十比零？」這是周星馳電影《少林足球》其中一句經典對白，想不到這種懸殊的比分在現實世界也有出現的機會。

義大利丙級聯賽球隊 Pro Piacenza 因為在去年 8 月開始拖欠球員薪水，所以球員和教練在沒薪水之下決定解約離開，後來竟然已經沒有教練，而且只有 1 名球員。

由於聯賽規則一個賽季中不能放棄超過 2 場比賽，否則取消資格。於是他們在面對 Cuneo 的比賽硬著頭皮找來 7 名 16至 19 歲年青球員來湊合上場，最終獲得 0 比 20 落敗的結局。

可是厄運始終還是要降臨。因為這場比賽輸得太難看，令無人關心的義丙球賽也成為全球的體育新聞熱話，所以義大利聯賽會決定取消 Pro Piacenza 的參賽資格，令這支球隊在百年華誕之時以這種屈辱的方式結束。

2019 年 4 月

24.
愛玩煙火的球星

　　西班牙前鋒 Diego Costa 不僅令對手和自己的教練相當頭痛，也令身邊的人感到懊惱。早前他竟然在熟睡中的兄長旁邊點燃煙火，令兄長嚇到立即跳起來。想不到最近他玩起癮來，居然在訓練場中趁著隊友 Lucas Hernandez 洗澡時拿走對方的衣服，然後放在地上而且用滅火器把衣服噴髒，令 Lucas 看得傻眼。

　　不過 Lucas 貴為世界盃冠軍球員也不是省油的燈，他立即拿起滅火器把 Diego Costa 的名貴汽車噴得全部是防火粉，令在旁觀戰的另一名隊友 Filipe Luis 笑得不亦樂乎。

2019 年 4 月

25.
C 羅納度確實是人生勝利組

C 羅納度上賽季轉投尤文圖斯之後再次收獲聯賽錦標，而且在上個月率領葡萄牙成為首屆歐洲國家聯賽冠軍，連在國家隊的獎盃數目也超越宿敵梅西，可說是過了一個豐收的賽季。

所謂休息是為了回來，C 羅納度目前正享受難得的假期，除了在法國享受陽光與海灘，C 羅納度早前更在社交網站上載他和「籃球之神」喬丹的合照，照片上還有 C 羅納度的女友 Georgina 和喬丹的太太 Yvette，光從照片上已經看出 C 羅納度確實是人生勝利組。

2019 年 7 月

26.
要有自知之明

　　有一句諺語是「沒那麼大的頭就別戴上那麼大的帽子」，如果不清楚自己的能力卻托大逞強的話，很可能因此出醜。

　　美職球隊聖何塞地震門將 Daniel Vega 早前在一場比賽中打算以輕盈的右腳接住隊友的回傳球，豈料年屆 35 歲的 Vega 竟老眼昏花，下腳卻碰不到皮球，反而讓皮球漏進自己網窩，令本來已經落後一球的聖何塞多失一球，他也成為球迷的笑柄。

　　幸好後來他的隊友很爭氣，連續踢進 2 球，讓聖何塞最終以 2 比 2 逼平達拉斯 FC，Vega 才不致於成為輸球罪人。

2019 年 6 月

27.
足球與藍球大結合

　　足球和籃球看似風馬牛不相及，不過近年職業足球員和 NBA 球星聯繫日益增多。兵工廠本賽季轉換了球衣贊助商，除了為球隊帶來更多收益，更吸引了 NBA 球星 James Harden 的到訪造勢。

　　大鬍子 Harden 日前應贊助商的邀請到了兵工廠主場酋長球場參觀，穿上 13 號兵工廠球衣的 Harden 跟兵工廠小將 Reiss Nelson 比試腳下功夫，雖然是班門弄斧不過看得出來 Harden 的控球技術還是不賴。之後 Harden 就秀一下投籃技巧，在觀眾席投籃擊中草地上的球門，總算是挽回敗局。

https://twitter.com/i/status/1148699853201035265

2019 年 7 月

28.
猴子偷桃經典畫面再現

　　前英格蘭國腳 Paul Gascoigne 曾經以神奇的腳法令英格蘭聯賽對手疲於奔命，惡漢 Vinnie Jones 試過按捺不住向 Gascoigne 施以「猴子偷桃」，相關圖片成為英格蘭足球其中一個最經典的畫面。

　　二人已經退出職業足球圈多年，近年更經常獲英格蘭各團體邀請一起談及當年的往事。豈料 Vinnie Jones 在最近一次公開活動再次向 Gascoigne 施展「猴子偷桃」之功，不過這次 Gascoigne 受襲後不僅沒有痛楚導致面形扭曲，還哈哈大笑似乎相當享受。

　　曾經因為酗酒和吸毒問題幾乎喪命的 Gascoigne 近年已經絕跡於負面新聞，能夠看到他目前活得自在，對老一輩球迷來說確實感到欣慰。

2019 年 6 月

29.
曼聯在北京開設體驗中心鬧笑話

　　曼聯是全世界其中一家擁有最多球迷的球會，不過他們沒有放過任何擴充業務的機會，最新目標就是在 2020 年於中國多個城市開設集商店、博物館和娛樂設備於一身的曼聯體驗中心。首家體驗中心日前在北京率先開幕，不過當開幕禮的照片公布後卻引來全球球迷恥笑，原來是因為掛在體驗中心大門的曼聯隊章內的帆船竟然「駛向」右邊（原隊章是船頭向左）！於是有網友留言說這隊章其實是沒錯啦，因為上賽季只獲得英超第 6 名的曼聯正駛向錯誤方向，也有網友留言說其實是說明曼聯需要羅致一名右翼鋒。不過如果你想找機會去北京一睹這個山寨曼聯隊章的話或者不能如願，因為經過全球廣泛報道後，相信該中心將很快把這隊章撤下。

2019 年 6 月

30.
短跑明星 Usain Bolt 也贏足球冠軍

　　一百米短跑世界紀錄保持者 Usain Bolt 是著名足球發燒友，從田徑場退役後更專注發展足球事業。雖然去年他沒法在澳洲球隊中岸水手立足，在熱身賽終於獲得上場機會後識相的宣布「退役」，不過在他心目中的足球熱情並沒有因此減退。

　　最近與 John Terry、Didier Drogba、Michael Owen 和 Eric Cantona 等多名前英超球星在 Soccer Aid 明星賽上場，Bolt 更披上 9.58 號世界隊球衣與英格蘭明星隊較量，戴上隊長袖標的 Bolt 更射進一球，踢 80 分鐘才離場，最終雙方踢了 90 分鐘打成 2 比 2 平手，世界隊在互射 12 碼階段以 3 比 1 勝出，令 Bolt 在足球領域上也贏取冠軍。

2019 年 6 月

31.
澳門足總盃出現排球比數

　　澳門足總盃最近比賽踢完 90 分鐘後，比分竟然是 21 比 18，這可不是排球、棒球或乒乓球比分，可是確實的足球比賽比分！為什麼會這樣？原來比賽雙方加義和恆勢是故意的，起因是早前澳門足總竟然以斯里蘭卡局勢不穩為由，妄顧球員希望比賽的意願，單方面宣布不派員到斯國參與世界盃亞洲區首圈資格賽次回合賽事，令澳門平白成為全球首支於 2022 年世界盃出局的球隊，所以加義和恆勢在這場比賽採取完全不防守的戰術以示抗議。

2019 年 6 月

32.
裁判就是絕對權威

　　在足球場上裁判就是絕對權威，只要他認為你是犯規就是犯規，所以裁判的執法水平好壞肯定足以影響比賽質素。

　　阿根廷第 3 級聯賽球隊 San Jorge 球員早前就在升級季後賽中認為裁判不合理地把己隊兩名隊友出示紅牌罰他們離場，於是在下半場開賽不久就陸續坐在草地上作出無聲抗議。在場足協官員進場勸導不果，裁判在事件發生 10 分鐘後立即中止比賽，直接判決正在領先 1 比 0 的另一支球隊 Alvarado 勝出，這結果再次示範裁判猶如球場上的上帝。

　　https://twitter.com/i/status/1143489014961528832

2019 年 7 月

33.
VAR 系統有不少漏洞

　　足球比賽以 VAR 系統協助裁判團隊執法已是大勢所趨，可是在執行上總是漏洞百出，最離奇的案件可說是在 8 月末舉行的一場沙烏地阿拉伯超級聯賽比賽上。

　　在一場 Al-Nassr 對 Al-Fateh 比賽中，裁判在比賽途中發現 VAR 竟然沒有運作，最近當地報章揭發居然是因為負責監督 VAR 操作的裁判手機沒電，所以在不知情下誤把 VAR 的電源拔掉，繼而將自己的手機充電器插上電源。賽會主席對此作出的回應更令人啼笑皆非，他說本賽季已有至少 4 次關於 VAR 的意外事件，當中可能是因為 Whatsapp 或飛機訊號影響了 VAR 操作，所以 VAR 軟體還是有很多漏洞。

2019 年 10 月

34.
十分無奈的被烏龍球

　　相信大部分球員都希望在重要比賽為所屬球隊建功立業和揚名立萬，同時大部分球員也應該不希望在重要比賽犯錯導致球隊落敗且自己的名聲受損。捷克球隊布拉格斯巴達球員 Michal Sacek 早前在德比戰便無辜地出醜，他在禁區防守時不慎倒在地上，正當對手射門的時候，皮球竟然打中他的臀部改變方向入網，令布拉格斯巴達落後兩球，最終斯巴達以 0 比 3 不敵布拉格斯拉維亞，Michal Sacek 在「被烏龍球」後也只能尷尬地表示無奈。

　　　https://twitter.com/i/status/1176072420337360897

2019 年 9 月

35.
永不老的伊布

　　「伊布」Zlatan Ibrahimovic 早前慶祝 38 歲生辰，雖然到了職業球員生涯的末期，可是伊布仍展現驚人的進球能力，本賽季在美職聯已進了 29 球，且身體質素和球技沒有隨年齡漸長而下降，他還在 Facebook 上傳自己彎著腰以頸項和胸部控球的絕技，而且更用 Matrix 式的慢鏡頭定格在頸項控球的一刻。

　　伊布還在影片文字列出 Paul Pogba、Novak Djokovic 等數名體壇好友的名字，揚言要他們接受挑戰，不過截至目前還沒有收到他們的回覆，恐怕是在閉關苦練中吧。

　　https://www.facebook.com/ZlatanIbrahimovic/videos/2373667322845279/

2019 年 9 月

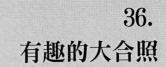

36.
有趣的大合照

　　球員和球隊職員聚在一起拍攝大合照是每支球隊在每個賽季也會做的指定動作，早前兵工廠也完成拍攝大合照，可是過程相當搞笑。

　　兵工廠選擇在一個風和日麗大白天拍照，先是球員拍照，然後是教練團和球員一起拍照，最後連老闆也一起到場拍照。可是當老闆跟職球員坐在一起拍照的時候，倫敦的天空突然變得烏雲密布，最後更下起雨來。

　　兵工廠全人面對風雨仍然相當專業，忍耐著拍完，當拍完後便立即四散走避，場面相當搞笑。

https://www.youtube.com/watch?v=uvmHgrz3H6U

2019 年 9 月

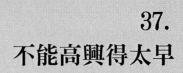

37.
不能高興得太早

　　自家球隊進球後慶祝是指定動作，不過還沒確定進球的話可別高興得太早，否則很容易造成悲劇。

　　克羅埃西亞甲級聯賽賽事早前上演非常搞笑的一幕，落後一球的斯拉文球員趁著對手哈伊杜克的門將失位，在遠處直接射空門，可是竟然射中門柱，門將回防欲救無從卻自己飛進網窩，皮球則在中柱後落在哈伊杜克球員腳下。

　　這時他卻發現斯拉文的門將以為已經進球，所以跑到替補席跟隊友一起慶祝，所以立即把皮球傳給在前場的隊友，令隊友取得進球，結果哈伊杜克以 2 比 0 勝出，結果斯拉文門將 Antonijo Jezina 成為全球球迷的笑柄。

2019 年 10 月

38.
Ronaldinho 仍受眾人尊崇

　　曾經率領巴塞隆納贏取歐冠的 Ronaldinho 雖然已經退役，而且身材跟以往相比發福了不少，不過他的高超球技仍然令人拍案叫絕。這名前世界足球先生早前應邀到哥倫比亞參與兩場表演賽，他先在首都麥德林披上 Santa Fe 的球衣上場，雖然已經久疏戰陣，卻仍然以拿手好戲「no look pass」為隊友送上助攻，技驚四座。

　　然後 Ronaldinho 到了另一城市卡利代表國民體育會上場，賽後更獲頒發榮譽證書。雖然 Ronadinho 的背景和球員時代跟哥倫比亞沒什麼聯繫，卻在退役後仍然獲得對手尊崇，可見一代球王的地位真不是蓋的。

　　https://twitter.com/i/status/1185093275314774016

2019 年 10 月

39.
狗也可以是足球鐵粉

　　足球是全球最受歡迎的運動項目，不僅任何年齡性別國界的人都可參與，連狗狗也樂在其中。曾踢過英超的前澳洲國腳 Ned Zelic 最近在 Twitter 上傳了一張狗狗乖乖坐在觀眾席上，跟一眾老球迷看球的照片，照片上的狗狗看起來全神貫注，簡直就像是老球迷一樣，相關照片立即被全球球迷瘋傳。

　　原來這隻狗名叫 Yardley，是蘇格蘭南部業餘聯賽球隊 Pollok FC 的忠心粉絲，常在 Pollok FC 主場比賽出現。Pollok FC 在照片瘋傳後也在 Twitter 發放影片，顯示原來 Yardley 早在 3 年前已經參與球隊宣傳影片拍攝，證明狗狗也可以參與足球。

2019 年 10 月

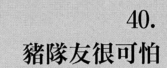

40.
豬隊友很可怕

　　網絡世界有傳言「寧可輸給神對手，不願遇上豬隊友」，德國乙組聯賽球隊基爾早前便有球員成為豬隊友，這名豬隊友叫 Michael Eberwein，他在基爾對波鴻的賽事擔任替補，當他在自家球門邊熱身的時候，竟然伸腳到場內擋住對手射偏了準備出界的皮球。

　　結果裁判按照球例規定，認為 Eberwein 干預球賽，令波鴻獲判 12 碼球，讓對手先開比分。幸好基爾後來連進兩球，以 2 比 1 反敗為勝，才讓 Eberwein 這名豬隊友不致成為罪人。

　　https://www.youtube.com/watch?v=EYw4rn_6Rzs

2019 年 10 月

41.
桑德蘭為五歲小孩圓夢

在英超聯賽第 16 輪，桑德蘭同切爾西的比賽中，雙方在賽前迎來了一位特殊的客人，他的名字叫 Bradley Lowery，今年 5 歲，是一名桑德蘭球迷，他的夢想是有朝一日能幫助桑德蘭取得進球。不幸的是，他同樣是一名神經細胞瘤的患者。

早在今年 9 月，Lowery 也曾出現在光明球場，那是在桑德蘭主場迎戰埃弗頓的比賽中，因為赴美國治療可能會需要 70 萬英鎊的費用，埃弗頓俱樂部為 Lowery 捐贈 20 萬英鎊，也是希望他能夠治療成功，盡快康復。

雖然此前已經赴美國接受治療，但效果不理想，如今，病情已經惡化，家人將他帶回了英格蘭，享受最後和家人在一起的時間。雖然，Lowery 飽受病痛的折磨，但是，當穿著桑德蘭球衣走進球場的那一刻，他的臉上洋溢的燦爛笑容。

賽前，桑德蘭與切爾西兩隊為 Lowery 準備一份特殊的禮物，就是在聖誕節前幫助 Lowery 實現他自己的夢想，為桑德蘭取得進球！熱身時，他們將 Lowery 帶到球場，安排 Lowery 踢十二碼，面對的是切爾西門將貝戈維奇（Asmir Begovic）。Lowery 不負眾望，將球穩穩罰進，場邊的球迷響起激烈的掌聲和助威聲，Lowery 也舉起雙臂慶祝，這是夢想成真的一刻，5 歲的 Lowery 在光明球場幫助桑德蘭取得進球。

2016 年 12 月

42.
海綿寶寶守門員

　　神乎奇技的撲救，高接低檔的演出，一個好門將不只勝過一個諸葛亮，更能成為場上的目光焦點。今天和大家分享一位守門功夫比不上布馮（Buffon）、諾伊爾（Neuer）但卻成為媒體寵兒，更在短時間內頻頻躍上新聞版面─他是歐里克切爾（Pablo Aurrecochea）。

　　1985 年出生的歐里克切爾過去效力烏拉圭瓜拉尼俱樂部時紅極一時，不過是因為身上「奇裝異服」躍上版面；對於服裝的執著，歐里克切爾有著易於常人的信念，也有著童心未泯的堅持。除了辛普森家庭，湯姆貓與傑利鼠、米老鼠甚至海綿寶寶都「衣」上有名，歐里克切爾更迅速成為小球迷的最愛。

　　在足球商業化的發展下，這些特有同時別出心裁的圖案已經很難見到，也許有一天當歐里克切爾退休，我們再也看不到海綿寶寶守門，但歐里克切爾會永遠留在大家心中──也可能是辛普森、海綿寶寶、頑皮豹留在大家心中。

2016 年 3 月

43.
梅西開餐廳

梅西（Lionel Andrés Messi）近日入股了家族餐館，正式變身「梅老闆」，生意十分火爆。但是據西班牙媒體《阿斯報》的消息，這家開張沒多久的餐館卻遭到了當地居民的抵制，原因是梅西的餐館太過吵鬧，影響了附近居民的休息。

梅西這家餐館開在巴塞隆納老城區和周圍小鎮之間的一座小島中，餐館室內面積為 905.69 平方米，而在餐廳的旁邊還有一個花園，這個花園也擺放了 48 個坐位。

餐館所在地的相關機構已經為梅西餐館頒發了營業許可證，允許其在餐館內播放背景音樂並進行其他文娛表演。開業幾天來，這家餐館生意火爆，而且不同於其他「懶散」的西班牙餐廳，梅老闆的這個家族餐廳標榜 24 小時不休息，因此每天都能吸引大約三百多人在此享用三餐和宵夜，而這 300 多位食客也引起了小島的混亂。

巴塞隆納「鄰里關係聯合會」近日發表了一份聲明，協會內的居民內已經在協議上簽了字，要求梅西的餐廳進行整改。「鄰里關係聯合會」認為梅西餐廳應該只在室內營業，而不應在室外的花園營業。這個花園位於小島的中央，在花園內用餐的食客們聲音太過吵鬧，影響了居民的休息，而且還影響了周圍旅館遊客的休息。

2016 年 8 月

44.
庫圖爾瓦精力無限，
兩天飛萬里玩遍三大球

　　朋友們，下班後會往哪玩？上酒店？打球？還是回家休息算了？效力切爾西的比利時門神庫圖爾瓦（Thibault Courtois），就以行動告訴全球粉絲，什麼叫「不玩不知身體好」。他就在比賽後飛到美國，在現場看 NBA 籃球賽和 NFL 超級碗大賽，狂歡不足 48 小時後，卻又可以回到倫敦參加訓練。

　　庫圖爾瓦在 2 月 4 日星期六中午，在倫敦斯坦福特橋球場以神勇撲救，協助切爾西以 3：1 擊敗同城死敵兵工廠，將英超積分榜領先優勢擴至 9 分。

　　這名 24 歲小伙子「下班」後立即把握時間，飛了 8 小時到紐約，觀看克利夫蘭騎士擊敗紐約尼克的 NBA 籃球賽，還把觀戰照片上載到 Twitter。

　　所謂年輕就是本錢，庫圖爾瓦之後還把握時間，再多飛 1,419 英里到休斯頓，親身見證新英倫愛國者逆轉勝奪得 NFL 總冠軍的好戲。庫圖爾瓦不僅上載照片，還在 Twitter 為粉絲作現場直播。

　　庫圖爾瓦就在 48 小時內，玩遍足球、籃球和美式足球三大球類運動。而且他飛了合共 9,748 英里（15,688 公里），經歷 5 至 7 小時的時差，之後還能立即參與訓練，可說是青春真可愛。

2017 年 2 月

45.
格倫強森直播打高球，
分享好身手卻變摔倒

　　前英格蘭國腳右後衛格倫強森，近年比賽狀態愈來愈差，混的球隊也愈來愈弱，從切爾西和利物浦主力淪為斯托克城的替補。球隊目前正為保級努力，格倫強森最近趁休假打高球，原本希望向粉絲們秀一下球技，卻變為出醜真人秀令人笑翻。

　　格倫強森在倫敦西南部薩里郡一所高球會所打球，當他準備挑戰第二洞時，小白球卻落在草叢中。格倫強森覺得自己球技不錯，所以準備在 Twitter 直播揮桿英姿。沒想到他用力過度，小白球打偏了，他自己就摔得人仰馬翻。還好強森知道什麼是輸人不輸陣，所以站起來時仍然以笑掩醜，展示何謂如何出醜而不失霸氣。

2017 年 2 月

46.
歐洲弱隊輸了 13 年終於贏球！

　　歐洲是足球的發源地，也是在足球領域上的先進大陸。只是歐洲其實也有爛隊，比如說夾在西班牙和法國中間的小國安道爾（Andorra），不僅沒能吸收兩個足球大國的精華，在國際足聯排名更低至第 203 位。不過鐵樹也有開花時，安道爾早前靜悄悄的踢了友賽而且還贏了，是他們 13 年來第一場贏球。

　　安道爾可以贏球，並非因為實力增強了，而是對手比他們更爛。安道爾的對手是「歐洲魚腩」聖馬利諾（San Marino），這個被義大利包圍的小國，國家隊每次出場都總要大敗。安道爾面對他們就自然得心應手，他們首先由 34 歲老將克里斯丁馬丁內斯，以 12 碼先開紀錄。後來馬丁內斯再進一球，這名安道爾史上進球最多的球員 將國際賽進球紀錄推到第 12 球。

　　結果安道爾以 2：0 贏球，結束 4,515 天的不勝紀錄，也打破球隊 86 場不勝紀錄。安道爾取勝也令對手聖馬利諾的不勝走勢推高到 75 場，也令他們成為目前不勝紀錄最長的球隊。

2017 年 2 月

47.
豁達做人，隨遇而安

「我豁達，所以我不介意別人說我不豁達。」這是黎明的千萬金句之一。黎天王最近再次成為香港人的「新偶像」，很多人對他刮目相看，這句話也適用於 Andy King 身上。的確，萊斯特城的冠軍神話，可堪細味，故事說三天三夜也嫌短，「小國王」便是其中之一。

英格蘭出生的 Andy King 自小加入切爾西青年軍，12 歲起常常以拾球僮身分進入斯坦福橋球場，可惜一年復一年，4 年後始終沒得到青睞，最終被掃出大門，改投萊斯特城青年軍。同年，義大利籍總教練 Ranieri 亦被穆里尼奧取替，誰料到，12 年後雙劍合璧，拿下歷史性的英超冠軍，頓成一時佳話。

「Abramovich 時代開始，人們只有歐洲最出色的球員才能留下來，尤其是我的位置，當時只留下了 3 至 4 名同一位置的青年軍。」King 是勤力型的中場，擅長後上得分，永不言棄。「青年軍都有機會擔當拾球僮，我常常坐在 Ranieri 旁邊，見過他很多次。」12 年來，Ranieri 遊走大江南北，去過瓦倫西亞、羅馬、尤文圖斯、國際米蘭、摩納哥和希臘等，但 King 卻一直堅守萊城，從沒離開。

2006 年，King 獲發一線隊的球衣，但沒能取得處子作，為 U18 青年軍上陣 21 場，踢進 8 球，贏得英格蘭 U18 聯賽錦標，一年後如願簽下職業合約，首個賽季就以招牌式重砲進球打響名堂。事與願違，球隊那賽季由英冠降至英甲，他決定留下來，攻進 9 球，率領「藍狐」重返英冠。

人面不知何處去，桃花依舊笑春風，King 成為萊城「代言人」，球員或教練如對球隊有何疑問，第一時間也會想起他。12 年過去，「小國王」雖然不再是主力，本賽季正選上陣 8 場，替補出場 16 場，但卻是現役萊城上陣和進球最多的球員，並繼曼聯名宿 Giggs 之後，成為首位贏得英超冠軍的威爾斯人。「由始至終，我也夢想有朝一日回到英超，但每一賽季都會反覆問自己，甚麼時候能夠夢想成真？」

「當我見到摩根時，我開始認為其實世事沒辦法強求，何況，沒有任何一天可媲美 18 歲首次上陣時更加興奮……直至對埃弗頓，我在主場踢進一球，成功了，英超冠軍到手了。」27 歲的 King 承認一路走來，代表著萊城的核心價值，以致很多球迷渴望他能夠建功。「我同幾名隊友一起搭計程車回家，以前我是這樣，現在也是這樣，慶幸地，我們沒有隊友在夜店對著門衛說『你不認識我嗎？還不讓我進去！』」那個冠軍之夜，他是其中一個沒有到夜店慶祝的萊城球員。

由小國王到大國王，King 夏天代表威爾斯出戰歐國盃，下賽季更會亮相歐冠聯。「很多事情可遇不可求，通常有目的、有意識去做的都不會成功，反而隨意去做，可能有意外之喜。」這是黎明的千萬金句之二。

2016 年 7 月

球場趣聞大

48.
狐狸城老闆送名車給每名球員

上賽季英超冠軍 Leicester city 的泰國老闆在球隊上賽季奪得英超冠軍後，曾許諾一線隊球員獎勵超級跑車。實際上在今年 5 月分球隊奪冠後，狐狸城的老闆已獎勵了每名球員一輛價值 3 萬英鎊左右的民用車，《每日郵報》稱為一線隊員許諾的超級跑車，如今也已經整齊地停在皇權球場外。

老闆為一線隊員準備的禮物是藍色寶馬 I8s。每輛車價格約 10.5 萬英鎊，從 0 加速到 60 英里僅需 4.2 秒，車身重 1.49 噸，配有 6 速自動變速箱。季前熱身賽中 Leicester city 輸給了巴薩和巴黎聖日爾曼，英超比賽即將拉開大幕，球隊老闆或想通過在這個時間段兌現承諾，激勵球員再造佳績。

嶄新的超跑豪車中有沒有屬於總教練的一輛？拉涅利（Claudio Ranieri）微笑著表示：「這些禮物只是給球員們？不是給我的？我要跟老闆談談。不過，我現在想的是比賽，不是車子。」

2016 年 8 月

49.
滑雪場成足球隊的主場

　　據韓國媒體《韓聯社》報導，K 聯賽升級球隊江原 FC 已經決定將球隊新賽季的主場定為平昌阿爾卑西亞跳台滑雪場，這便成為世界上首支球隊使用跳台滑雪場作為主場。

　　平昌阿爾卑西亞跳台滑雪場是為了 2018 年平昌冬季奧運會所建造的一座全新概念的運動場。除了可以舉辦滑雪賽事之外，這座運動場還可以容納 1 萬個座位的足球場，可說得是非常特別。

　　運動場位於海拔高度 700 米的大關嶺，即使在盛夏季節，平均氣溫也只有 22 度左右，非常適合進行足球比賽。江原俱樂部計畫將對這座運動場相關設施進行擴充，並增設班車以解決交通問題。而在新賽季，江原 FC 主場的球票價格約為 9000 到 5 萬韓元之間。

2016 年 12 月

50.
誤判 12 碼給對手嗎？
不要緊，我就讓你進個夠！

　　足球世界常說的一句話，就是「必須服從裁判，因為他們是公正的。」只是裁判也是人，所以必然會犯錯，所以也有不少人說，犯錯也是比賽的一部分。不過越南球隊隆安的球員可不這樣想，他們認為既然裁判不收回錯誤的判決，於是就消極看待比賽，一於讓對手進個夠。

　　早前在越南聯賽的比賽，紅衣的胡志明市跟隆安打成 2：2 平手，當時胡志明市有球員闖進禁區把對手撞倒，裁判卻反判被撞倒的白衣隆安球員犯規，判給胡志明市 12 碼。隆安球員投訴不果，一不做二不休，當胡志明市球員射 12 碼時，隆安門將故意背向對手任他射進。

　　及後隆安球員繼續這樣比賽，如全部球員站住不追對手，讓對手單刀射進球門，門將還「配合」在對手面前打翻斗。隆安門將之後更自行步出球場，讓胡志明市射成 5：2，令比賽在非常尷尬的情況下完結。

2017 年 3 月

51.
因玩手機耽誤球賽

　　職業球員由於是受薪參與比賽，所以必須全力以赴專心致志，看起來是必須做到的事。可是德甲球隊 RB Leipzig 兩名年青法國球員 Jean-Kevin Augustin 和 Nordi Mukiele 竟然在歐足聯盃比賽前只顧玩手機，玩過頭令全隊延誤了賽前暖身時間。他們後來也繼續獲教練信任擔任正選，可是不知是否還沉醉於手機遊戲沒睡醒，兩人在上半場表現差劣，令教練在半場休息時立即把他們換下，最終萊比錫以 2 比 3 不敵「兄弟球隊」Red Bull Salzburg。

2018 年 9 月

52.
足球總統復出

　　足球界不少名人退役後選擇從另一些方面發展，也不乏從政者。曾經拿過金球獎的利比里亞總統 George Weah，算是從政的足球人當中權力最高一員。George Weah 最近卻復出踢球，他在利比里亞對奈及利亞的友誼賽再次穿起 14 號球衣上場，年屆 51 歲而且已經離開職業足球圈十五年的他，雖然挺著一個大肚腩，仍然在球場成為焦點。其實這場比賽是為了封存他的 14 號球衣而設，所以縱然利比里亞最終以 1 比 2 告負，對 Weah 總統來說算是值得記念的日子。

2018 年 9 月

53.
為見球星所以坐牢

　　如果可以追逐心儀的球星，你會用什麼方法達成目標？已經退役的「羅馬王子」Francesco Totti 早前為最近出版的自傳宣傳，在接受電視台訪問時提及，當他在 2006 年奪得世界盃冠軍後，跟其他隊員一起探訪羅馬一所監獄，其中一名囚犯想盡辦法引起 Totti 的注意，結果讓他如願以償。

　　Totti 表示原來這名囚犯本來在探訪前已經刑滿出獄，不過當他知道 Totti 會來探監，竟然主動要求多吃一個星期牢飯，還揚言如果不讓他待到 Totti 到訪，出獄後肯定再次犯法爭取再坐牢。這囚犯球迷支持球星的熱心確實令人佩服，不過這樣的「追星」方法確實不值得鼓勵喔。

2018 年 10 月

54.
八十年的粉絲

　　八十年對於人類而言，或許已經是超越一生壽命的長度。英國曼徹斯特卻有一對姊妹對曼城（Manchester City）身體力行接近 80 年，這確實是非常難能可貴。現年 101 歲的 Vera Cohen 和她的 98 歲妹妹 Olga Halon，自從 1930 年開始購買她們人生中首張曼城季票開始，往後每一個賽季也購票進場成為鐵桿粉絲。她們在早前曼城以 3 比 0 擊敗富勒姆的英超賽事成為座上客。曼城會方為表尊敬，於是在球員進場時邀請她們在隊長 David Silva 陪同下一起出場，接受全場掌聲。Vera 女士接受訪問時更表示，當她第一次進場看球時，曼城主場甚至沒有計分牌，要找一名男士在黑板寫上比分。當時她們應該也想不到，78 年後的曼城已成為世界知名的球隊。

2018 年 9 月

55.

巴薩前鋒拒付餐費後報警

　　找來一群良朋知己（而且有大量美女）參與自己的慶生派對，本來應該是非常高興的事。可是對於巴塞隆納前鋒 Munir El Haddadi 來說，最近的慶生派對肯定不能讓他高興。西班牙《世界體育報》報道說，他在馬德里的俱樂部舉行 23 歲慶生派對，卻在派對結束後驚訝要付帳 1.6 萬歐元。據報 Munir 聲稱價錢是之前報價的一倍，所以拒絕付帳，令店員決定報警。最終要在警員調停下，Munir 才決定付帳，確實是非常掃興。

2018 年 9 月

56.
球星的餐廳衛生不及格

職業足球圈雖然冠稱「職業」，實況是不少球員和教練也會「一心多用」經營副業。目前執教威爾斯代表隊的曼聯名宿 Ryan Giggs，其中一項副業就是跟朋友一起開了一所名為 George's Restaurant 的餐廳，可是這所餐廳已經被英國食品標準管理局評為不及格，並非是食品不及格，而是衛生狀況欠佳。

消息指這所餐廳竟然將處理好準備上菜的食物放在生材旁邊，而且沒有蓋好，當局官員亦在廚房找到過期食品。更嚴重的是官員發現廚房員工沒有定時洗手，以及垃圾筒全部滿瀉，廚房和廚具髒亂更不在話下。其實相同情況早於 2 年前已經出現過，所以衛生部官員表示會在一個月內再次檢查餐廳，檢查情況有否改善。

2018 年 9 月

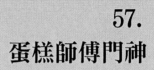

57.
蛋糕師傅門神

　　世界各地的國家代表隊早前參與國際賽，非洲鷹奈及利亞在非洲國家盃資格賽以 3 比 0 擊敗東非島國塞舌爾，這本是一平凡無奇的以強勝弱比賽。不過塞舌爾門將 Dave Mussard 身型非常肥胖，卻多番救出奈及利亞的攻門，令他成為全球球迷焦點。由於塞舌爾沒有職業足球員，所以 Mussard 以往曾是蛋糕師傅，目前則是所屬球會老闆的私人司機。Mussard 明白外界對他的體重相當關注，不過他直言毫不在乎他人說什麼，因為他認為可以在世人面前令國家獲得注目，已經是一項光榮。

2018 年 9 月

58.
裁判助進球

　　裁判在千鈞一髮的比賽中需要作出適當的判決，所以超強的應變和決斷力是裁判需要擁有的能力。不過有裁判連頭球也相當了得，甚至能製造進球左右比賽戰況。俄羅斯裁判 Atay Daudov 早前在一場業餘聯賽比賽執法時判決 Manas 隊獲得 12 碼球，Manas 隊員主射被對手 Keyes DD 隊的門將救出後，皮球飛向裁判的頭部，皮球撞到裁判的頭後飛進網窩。由於裁判在球賽的角色等如門柱，所以進球有效。裁判在進球後當然沒有慶祝，相反是抱頭倒下。裁判到底後來還有沒有繼續執法，我們不知道，最後雙方以 4 比 4 打和，裁判確實打進關鍵球。

2018 年 10 月

59.
進球後馬上喝酒

　　比賽取得進球並協助球隊贏球，當然可以喝一杯啤酒慶祝，不過瑞典球員 Kennedy Bakircioglu 竟然選擇在進球後立即喝酒。這名曾經是歐洲有名的罰球王最近在瑞典超級聯賽替補上場，雖然已經年屆 37 歲，卻仍然在距離球門 30 米外直射罰球破網，協助 Hammarby 大勝 IFK Gothenburg。

　　這名老將進球後跑到觀眾席旁慶祝，有一名球迷卻把一杯啤酒拋向他，高速奔馳的 Kennedy 來得及接著並立即喝光啤酒。Kenndy 賽後表示他知道拋啤酒給他的球迷是希望跟他一起慶祝，所以毫不猶豫接下啤酒乾杯，並覺得這樣做相當有趣。

2018 年 10 月

60.
紅軍球員也會造蛋糕

　　利物浦本賽季開局非常順利，首 4 場聯賽全部取勝。或許是跟隊內士氣不錯有關，所以球員在練習時輸了也笑咪咪的受罰。Sergio van Dijk、Nagby Keita、Andrew Robertson 和 Daniel Sturridge 早前在練習賽輸了，懲罰是要在營養師指導下造蛋糕給隊友吃。堅守「紅軍」後防的 van Dijk 和 Robertson 踢足行，造蛋糕也行，在球場上威風八面的 Keita 和 Sturridge 就只能為隊友加糖，威風盡失。教練 Juergen Klopp、隊友 Sadio Mane 和 Roberto Firmino 等人則到場看熱鬧，等待取笑 van Dijk 他們的機會，令現場氣氛相當歡樂。

2018 年 9 月

61.
防守罰球的奇招

防守罰球有很多種方法，澳洲女子足球隊 Brisbane Roar Women 隊球員早前以別開生面的方式成功阻止對手的罰球進攻。

在一場面對 Sydney FC Women 隊的比賽中，Brisbane Roar Women 派出 4 名球員排出人牆。不過這 4 名球員非常「不安於本分」，在對手起腳前不斷輪流蹲下又站起來，這樣子不僅是對手看起來感到煩惱，連觀眾也看得傻眼。

不過「捉到老鼠的就是好貓」，這招居然有效，Sydney FC Women 隊球員一腳把皮球射得老遠。由於這招實在太搞笑，所以 Sydney FC Women 的球員就算罰丟了也給對手一個佩服的笑容。縱然 Brisbane Roar 最終還是輸球，不過這招已經足以吸引全球目光。

2019 年 4 月

62.
理想與現實

　　足球比賽雙方實力也許會有差距，技不如人者或許要想一些奇招才可致勝。波蘭聯賽球隊 KS Cracovia 最近就想出全隊 11 名球員眾志成城，當某一名球員拿到皮球後，其他隊友就跑到他身邊把皮球圍住，希望一起把皮球推進網窩。

　　可是理想跟現實總是有差，KS Cracovia 以為自己所排的鐵桶陣是天衣無縫，豈料他們圍着皮球推行了不遠就已經被對手拿到皮球，結果對手一個高速推進就令 KS Cracovia 所有球員潰不成軍，回防不及下被對手射進空門。幸好這只是一場冬休期的熱身賽，不然這樣輸球的話確實是相當難看。

2019 年 4 月

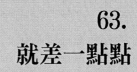

63.
就差一點點

　　職業足球員其中一項職責就是無論場面有多惡劣，只要裁判還沒有宣布腰斬比賽或將比賽延期，比賽還是要硬著頭皮踢下去。對於球員來說，有什麼事比在極惡劣的環境下踢球？就是大好進球機會被極惡劣環境擋去！

　　日本球員原口元氣最近在大雪紛飛的日子為德甲球隊漢諾威上場，正當他把握對手門將救球失誤，獲得射空門的機會時，他也順利把球射向球門，眼看著皮球將進入網窩，豈料皮球竟然在球門界線前停了下來，原來是球門界線前的積雪成為對手的最後一道防線！

　　也是這個突然出現的「敵人」攔住皮球，才讓對手的守衛及時解圍，原口元氣也錯失取得本賽季首個進球的機會，球隊也因此落敗。

2019 年 5 月

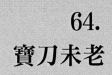

64.
寶刀未老

　　不少傳奇足球明星縱然已經退役，也仍然備受球迷愛戴，主因是他們的球技並沒有隨年月過去而消逝。曾經在英超叱吒風雲的帥氣中場 Jamie Redknapp 和 Kevin Nolan，退役後轉型成為足球節目主持。

　　他倆最近在球場等待直播訊息開始前一時技癢，竟然拿起咪高峰帽子顛起來，然後更交互把咪高峰帽子在空中傳給對方，無論是正面踢球還是蠍子甩尾都是難不倒他們。

　　最終居然是球員時代踢法比較秀麗的 Redknapp 率先讓咪高峰帽子掉下來。考慮到他們已經退役多年仍然技驚四座，光是看到這些片段就足以給他們一個讚！

2019 年 5 月

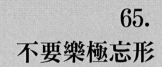

65.
不要樂極忘形

在比賽取得進球當然令人興奮，要慶祝一下絕對是人之常情，不過慶祝的時候如果沒有搞清楚狀況，也許會掉進坑裡。日本球隊北海道札幌岡薩多球員 Anderson Lopes 早前在比賽中進球，為球隊取得領先。

進球後他希望跟球迷一起慶祝，於是跑向球門後的觀眾席。豈料當他跨過廣告牌後，才發現廣告牌和觀眾席之間竟然隔了一條深坑，於是 Anderson Lopes 突然從超過 2 米的高處墜下，令隊友和球迷都嚇了一跳。

幸好生命力頑強的 Anderson Lopes 在地上躺了一會後可以走上球場比賽，後來更多進兩球完成「大四喜」，協助球隊取勝。

2019 年 5 月

66.
左腳王秀球技

　　曾經是荷蘭國家隊中場核心的左腳王 Rafael van der Vaart 去年 11 月宣布退役後，生活繼續是多姿多采，早前還在托特勒姆熱刺對國際米蘭元老賽上穿上熱刺球衣秀球技。

　　而且結束球員生涯後，VDV 立即找到另一挑戰，就是參與職業投鏢公開賽。在今年 1 月的時候，VDV 在德國跟另一名荷蘭人在一項名人世界賽獲得亞軍，令本來只是玩玩的 VDV 決定挑戰更高的舞台，於是他已經報名參加 5 月 4 日舉行的丹麥公開賽，跟他的哥哥 Fernando 和其他來自世界各地的高手一較高下。VDV 昔日在足球場以左腳射進不少世界球，且看他的左手也是否跟左腳一樣的懂得百步穿揚。

2019 年 5 月

67.
虎父無犬子

　　C 羅納度肯定是當今其中一名最強的足球員，想不到他的兒子也似乎跟老爸一樣厲害。C 羅的長子小 C 羅只有 8 歲，可是已在皇家馬德里和尤文圖斯少年隊進球如麻，頗有乃父之風。至於 C 羅的次子 Mateo 雖然只有 1 歲左右，卻已經踢得一腳好球。

　　最近 C 羅的女友 Georgina 將 Mateo 跟 C 羅一起玩足球的片段上載，C 羅為了兒子開心，由前鋒改變為門將兼球門，讓 Mateo 任意向自己踢皮球。從片段可見年僅 1 歲左右的 Mateo 不僅站得很穩，而且踢球也有一定準繩和力度，或許再長大一點的時候就可以像父親一樣厲害了！

2019 年 5 月

68.
啼笑皆非的擊掌

　　運動員經常在比賽中跟隊友「Gimme Five」擊掌鼓舞士氣，瑞典甲級聯賽球員最終卻因此意外受傷。早前瑞典甲級聯賽球隊 Degerfors 跟 Oster 比賽踢成 1 比 1 平手，Degerfors 於是在換上 Matthais Ozgun 入替 Axel Lindahl 希望改變戰局。

　　Ozgun 在進場時跟 Lindahl 來一個平常不過的 Gimme Five，豈料 Lindahl 的手指竟然插進 Ozgun 的雙眼，令 Ozgun 忍不住雙手搗住眼睛進場。

　　Ozgun 在場上走了幾步之後發現還是不行，唯有呼叫場邊的隊醫進來看一下，令比賽延誤了，最終雙方再沒有進球下和局終場。Ozgun 和 Lindahl 這個令人啼笑皆非的擊掌卻令這場沒什麼人關注的比賽成為國際焦點。

2019 年 5 月

69.
不自量力

　　守門員是每一支球隊的最後一道防線，所以穩定地攔住對手的進攻就是最首要的任務。可是世界上總有不少人是不安於位，部分守門員也不例外，也因此釀成大錯。

　　英格蘭第五級聯賽球隊 Sutton United 的門將 Ross Worner 本來只是替補門將，早前在一場對 Leyton Orient 的比賽因為正選門將受傷，在下半場獲得上場機會。

　　豈料當他在一次用腳接應隊友的回傳時，竟然來一個轉身面向自家球門顛球，對手見狀當然不會輕易放過機會，立即衝前來搶球。學藝不精卻要表演的 Worner 當然是護不了球，當皮球被搶後只能拉倒對手，令球隊失掉十二碼，最終 Sutton United 以 1 比 2 反勝為敗，Worner 出盡洋相之餘也連累球隊輸球。

2019 年 5 月

70.
切勿假裝

　　在比賽期間以合理合法的方式拖延時間保持勝利賽果，這種做法確實情有可原，不過如果用不得其法就可能偷雞不著蝕把米。

　　早前越南甲級聯賽球隊廣南在比賽接近完結時仍然以1比0領先南定，廣南守門員接球後倒地並向場邊示意受傷，不過從影片回放來看，廣南守門員接球時根本沒有人碰到他。

　　裁判明察秋毫看到他詐傷，所以反而讓南定球員在禁區內主罰間接罰球，結果南定就以這一次罰球進球追平比分，廣南守門員確實是偷雞不著蝕把米。

2019 年 5 月

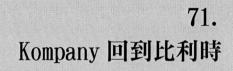

71.
Kompany 回到比利時

　　比利時中衛 Vincent Kompany 本賽季終於離開效力了 11 年的曼城，回到母會安特列赫特享受餘下的職業球員生涯。

　　由於這名前比利時國腳以隊長身分協助曼城奪得 4 次英超錦標，所以曼城在國際賽期間為他舉行告別賽。

　　不過他卻因為受傷，在賽前 1 小時才決定沒能上場，只能在開賽前跟曼城球迷揮手告別。雖然主角不踢了，可是比賽仍然精彩，擁有多名現役和前曼城名將在陣的曼城傳奇隊先由 Martin Petrov 射破 Edwin van der Sar 的十指關，對手英超傳奇隊則由 Robin van Persie 一傳一射取得反超前優勢。幸好曼城在末段由 Benjani 取得進球，最終雙方以 2 比 2 打和，為這場告別賽劃上圓滿句點。

　　https://www.youtube.com/watch?v=BzbGuylizYo

2019 年 9 月

72.
Lambert 為慈善進行友誼賽

　　平民前鋒 Rickie Lambert 在職業生涯後段不僅嚐到踢英超比賽的滋味，後來更有機會效力利物浦和入選英格蘭國家隊，雖然光輝時刻相當短暫，不過總算是獲得無憾的職業生涯。

　　這名 37 歲前國腳雖然已退役多時，不過仍然寶刀未老，早前他代表球員時代曾效力的布里斯托流浪者的元老隊參與一項慈善賽，對手是布里斯托流浪者球迷隊。

　　Rickie Lambert 竟然在比賽中還能在半場線後直接射門進球，令在場的球員和球迷都非常愕然。最終 Rickie Lambert 在這場比賽協助英國心臟基金會籌得 1.1 萬英鎊善款。

https://www.youtube.com/watch?v=uLY87N6CG2w

2019 年 9 月

73.
Bendtner 射門水準日差

　　早前跟大家分享過前兵工廠前鋒 Nicklas Bendtner 在挪威球隊羅辛貝格沒有上場機會，反而拍下自己和女友半裸的影片上載網路引起關注。這名被外國媒體戲稱「Lord」的前丹麥國腳終於在最近返回家鄉轉投冠軍球隊哥本哈根，豈料近日在網上傳出他首次參與球隊操練的影片再次成為話題。

　　因為這名司職前鋒的高大球員，在射球練習時竟然幾乎沒能進球，射不中球門有之，射門軟弱無力被門將接住也有之，短短 1 分鐘左右的影片當中他只射進 1 球，確實無負香港球迷給他的「中堅賓」稱號（中堅是中衛的意思，賓是他的名字廣東話音譯的第一個字）。

https://www.youtube.com/watch?v=OimjHk_pD5Y

2019 年 9 月

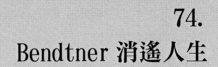

74.
Bendtner 消遙人生

　　曾經效力兵工廠的丹麥前鋒 Niklas Bendtner 雖然只有 31 歲，近年卻已經遠離球迷的視線，今年是他在挪威聯賽球隊羅森貝格效力的第 3 年，可是本賽季只踢了 5 場比賽沒有進球，最近 4 個月也沒有上場。

　　他好像沒有因此影響心情，最近更搭上丹麥超模 Philine Roepstorff，他倆最近更一起脫掉上衣，Philine 一邊用手掩住重要部位，一邊躺在滾軸椅扮演女超人，令 Bendtner 哈哈大笑，這名丹麥前鋒也把影片上傳 Instagram，由於網友反應太熱烈，所以影片在 1 小時後便下架，幸好媒體及時下載這影片並重新上傳，才讓全球網友見識到這名丹麥前鋒和志趣相投的女模是過得多麼快活逍遙。

https://twitter.com/Polprins/status/1166311119407013889

2019 年 8 月

75.
Jese Rodriguez 球場情場兩失意

球場趣聞太

前西班牙國腳 Jese Rodriguez 自從離開皇家馬德里後，足球生涯發展愈來愈差，去年更與女友 Aurah Luiz 分手。

本身是藝人的 Aurah Luiz 最近參與西班牙真人秀節目，該節目有觀眾投票淘汰參與者機制，想不到 Jese 為使前女友盡快出局，竟然花了 5,000 歐元聘請網軍投票，結果得償所願令 Aurah Luiz 成為該節目首名被淘汰的參賽者。

為什麼 Jese 做得這麼絕情？原因是去年二人分手時鬧得非常不愉快，Aurah 更把 Jese 告上法院，罪狀是 Jese 沒有盡父親的責任照顧二人所生的子女。

2019 年 9 月

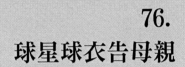

76.
球星球衣告母親

對於球衣收藏者來說，老婆或母親的阻撓永遠是收藏戰利品的最大障礙。

不過法蘭克福球員 Danny da Costa 竟然因為收藏的球衣不見了而把母親告上法院！

消息指 Danny da Costa 對母親不肯歸還 6 件對他來說很有紀念意義的舊球衣非常不滿，因此決定到科隆法院提案。不過據德國媒體報道指，這名前德國青年軍成員的家庭背景比較複雜，父親是安哥拉駐德外交官，母親則是剛果人，他在德國出生所以可以代表德國青年軍上場。

由於父母早已離異，成為德甲球員的 Danny da Costa 需要負責眷養母親全家人，後來 Danny da Costa 不想再承擔母親一家人的開支，所以藉此與母親決裂。

2019 年 9 月

77.
荷蘭國腳
Frenkie de Jong 網上惹麻煩

近年網絡社交平台成為球星另一個成名的地方，不少球星本身也是網紅。

可是如果在網上不慎發言或就敏感事件表態，或許會帶來意想不到的巨大影響。

本賽季從阿賈克斯轉投巴塞隆納的荷蘭國腳 Frenkie de Jong 在早前對瓦倫西亞的聯賽貢獻 1 個進球和 1 次助攻，協助球隊以 5 比 2 大勝。

不過由於巴塞隆納在本賽季歐冠首戰竟然沒能拿下多特蒙德，加上聯賽首 4 戰贏 2 場，令巴塞隆納球迷對主帥 Ernesto Valverde 非常不滿，更在網上發起#ValverdeOut 的活動。

不知是有心或是無意，網友竟然發現 Frenkie de Jong 是超過 740 萬個讚之中的一員，雖然他的帳戶很快便收回讚，可是相關畫面已被網友截圖，看來這名新晉荷蘭國腳將會面臨一些麻煩。

2019 年 9 月

78.
阿斯頓維拉兩名球員互毆

　　資深英超球迷相信多年前紐卡索聯球員 Lee Bowyer 和 Kieron Dyer 在場上互毆的片段仍記憶猶新，想不到最近阿斯頓維拉兩名球員 Anwar El Ghazi 和 Tyrone Mings 再度重演在比賽中內訌的鬧劇。

　　早前阿斯頓維拉主場迎戰西漢姆聯的比賽中，同樣司職後衛的這兩名球員疑似是不滿對方的比賽表現，因此互相衝向對手口角，口角數秒後 El Ghazi 竟然用頭撞 Mings 的頭部，需要其他隊友立即拉開他們，事件被電視直播全都錄，因此全世界球迷都看到這一幕。

　　可是奇怪的是裁判看完 VAR 後也決定不處分他們，賽後阿斯頓維拉領隊 Dean Smith 表示相信他們可自己解決，所以不會作出任何干預和懲處。難道吵架不只是情侶的特權，而且是球員之間的男人浪漫？

https://www.youtube.com/watch?v=hq7du9KIj0c

2019 年 9 月

79.
Ronaldinho 成巴西旅遊大使

　　前世界足球先生 Ronaldinho 最近獲巴西旅遊局委任為旅遊大使，首個負責項目便是邀請全球遊客傳送關於他們遊覽巴西的影片參與比賽，勝出者可與「小羅」暢遊巴西 30 天。不過諷刺的是 Ronaldinho 近期因為欠債被巴西政府沒收 57 項物業並禁止出境，直到債務還清為止。可是最近又有一支名為聖塔非國際的哥倫比亞球隊發聲明，表示 Ronaldinho 將會在 10 月復出，到哥倫比亞首都波哥大代表該隊參與一場友誼賽。

2019 年 9 月

80.
法國弄錯了阿爾巴尼亞國歌

球場趣聞大

　　國歌是代表著整個國家，所以全球所有國家都對國歌非常尊重，亦不容他人侮辱。

　　可是法國最近卻因為在早前對阿爾巴尼亞的歐洲盃資格賽賽前播放錯誤國歌，幾乎引起國際紛爭。

　　當時法國當局在應該奏響阿爾巴尼亞國歌時，卻竟然播放了另一歐洲國家安道爾的國歌，阿爾巴尼亞球員聽到後立即面露不悅之色，並表明若不播放阿爾巴尼亞就拒絕比賽。

　　法國當局立即作出修正，可是在播放阿爾巴尼亞國歌後，比賽主持卻說錯了「向亞美尼亞人致歉」。加上比賽結果是阿爾巴尼亞以 1 比 4 慘敗，令阿爾巴尼亞人更火大，最終法國隊總教練 Didier Deschamps 和法國總統 Emmanuel Macron 先後道歉，事件才算平息。

https://www.youtube.com/watch?v=5PaiVfURRrk

2019 年 9 月

81.
C羅在社交平台賺錢比梅西多

　　C 羅納度和梅西在球場內外都已鬥了很多年，最近 C 羅又贏一仗，就是在 IG 社交平台賺錢比梅西多超過一倍。最近有調查指出，C 羅在最近 12 個月在 IG 獲得的品牌贊助費高達 3.82 億英鎊冠絕全球，比梅西的 1.87 億英鎊高出一倍以上。

　　梅西雖然在過去 12 個月在 IG 刊登 36 個與品牌有關的帖，比 C 羅還多 2 個，不過由於 C 羅在每個帖上可獲 78 萬英鎊，遠高於梅西的 51.8 萬英鎊，因此獲得金額遠超梅西。至於退役後仍然非常活躍的貝克漢，目前每個 IG 品牌帖也可以為他帶來 28.6 萬英鎊收入，過去 12 個月透過 IG 獲得 860 萬英鎊收入，在過去 12 個月的 IG 收入榜排名第 4 位，可見貝克漢仍然擁有相當高的人氣。

2019 年 10 月

82.
Zinchenko 在球場求婚

　　效力曼城的烏克蘭翼衛 Oleksandr Zinchenko 剛渡過非常美滿的一周，他在周一晚上在基輔大球場披上烏克蘭國家隊球衣，協助球隊以 2 比 1 擊敗葡萄牙，奪得下年歐國盃決賽圈資格，兩天後他便在同一地點跟女友求婚，還在球場上奉送數之不盡的玫瑰花，並將相關圖片上載於自己的社交平台昭告天下，可說是有情人終成眷屬。

　　Zinchenko 的未婚妻是當地知名的電視台體育記者，他們在今年初才相戀，Zinchenko 更於訪問後在鏡頭前親吻女友，繼而公開他們的關係。

　　Zinchenko 球運蜜運俱備，相信曼城領隊 Josep Guardiola 一定希望他能為球隊帶來好運，令曼城可以盡快追上利物浦。

2019 年 10 月

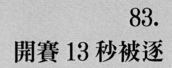

83.
開賽 13 秒被逐

對於球員來說，開賽 13 秒可以做什麼？有人可以進球，也有人可以吃了紅牌離場。

土耳其超級聯賽球隊 Konyaspor 門將 Serkan Kirintili 最近在一場聯賽只是踢了 13 秒，便因為出迎對手單刀球之下，不慎在禁區外以雙方接住皮球，結果連汗也沒流就已經可以返回更衣室洗澡。Serkan Kirintili 成為土超聯賽史上最快被逐的球員，不過大家別以為他是菜鳥，原來他已是一名踢過 3 次國際賽的 34 歲老門將！

最終 Konyaspor 在幾乎全場少踢一人之下以 0 比 2 不敵 Yeni Malatyaspor。不過 Serkan Kirintili 還沒有資格成為史上最快被逐的門將，因為英格蘭業餘聯賽門將 Nicky Seekings 在 3 年前踢了 11 秒便吃了紅牌，而另一名英格蘭業餘聯賽球員 David Pratt 更於 2009 年代表 Chippenham 上場時只花了 3 秒便被逐。

https://twitter.com/i/status/1186389660148346880

2019 年 10 月

84.
球員因拖欠薪金罷賽

　　在職業足球世界中，球員被拖欠薪金絕非新鮮事，罷賽有時候成為球員抗爭的手段。

　　最近墨西哥超級聯賽球隊 Veracruz 的球員就想過以罷賽抗議老闆拖欠薪金，後來雖然還是參與比賽，可是他們選擇在對 Tigres 隊的比賽開賽首 5 分鐘站著不動以示不滿。

　　Tigres 球員起初表示理解，開賽後跟 Veracruz 球員一起站著，可是只維持了 1 分鐘便決定「趁火打劫」，在對手毫不抵抗下射進 2 球。Veracruz 在 5 分鐘後才開始正式比賽，可是在 8 分鐘再被射進一球，結果以 1 比 3 敗北，在本屆墨超聯賽踢了 13 場比賽只有 4 分敬陪末席。

　　https://www.youtube.com/watch?v=0WYR4SxU1lo&fbclid
=IwAR1FuFVO3Yi9Vm0jU7HFQq2ElFZp1GPZV0e6ZWcnO-
QU--UZfP0QNL2v4OY

2019 年 10 月

85.
Petr Cech 一圓冰球夢

　　頭盔門將 Petr Cech 以往是世界頂級門將，退役後回到切爾西擔任技術顧問，不過最近他也加入職業冰球隊，一嘗童年時成為職業冰曲球員的夢想。

　　早前他加盟了一支名為 Guildford Phoenix 的球隊，並於首次上場便救出 2 次罰球，協助球隊擊敗 Swindon Wildcats 2，並成為比賽最佳球員。

　　雖然這只是英格蘭第 4 級別冰曲聯賽，而且 Cech 的正職是切爾西職員，不能每天都參與訓練之下只能成為球隊第三號門將，不過能夠在精彩的足球員生涯結束後尋夢，而且繼續有好表現，相信對於 Cech 來說也是於願足矣。

https://www.youtube.com/watch?v=aU93zmLZZYY

2019 年 10 月

86.
球員需要自己檢球

在閒暇時跟朋友到足球場踢球期間，如果有人把皮球踢到球場外很遠的地方，由於沒有拾球童代勞，所以要自己跑到大老遠把皮球撿回來才可以繼續開球，對於業餘足球參與者來說或許是相當惱人的事。

不過想不到 2 年前還在英超角逐的桑德蘭，最近在全球歷史最悠久的賽事足總盃比賽期間，出現門將要自己爬上看台撿球的片段。到目前為止還是沒有人知道為什麼當時沒有球童幫忙，只看到桑德蘭門將 Jon McLaughlin 需要在看台上撿球，在職業足球角度來看確實相當丟臉。不過對於 McLaughlin 更丟臉的是他在及後的比賽竟然接球脫手，皮球因此越過他的胯下進了球門，令桑德蘭只能以 1 比 1 跟基林漢打平，雙方需要重賽決勝。

https://www.youtube.com/watch?v=EAzmL2JK6Ng

2019 年 11 月

87.
因為好色被罰禁賽

　　所謂色字頭上一把刀，在不適當的時間地點和不適當的人發生超友誼關係，很可能令人前途盡毀。4 名澳洲奧運男足成員因為在 4 月隨軍到柬埔寨比賽期間，與一名當地應召女郎在房間大玩 5P，近日被澳洲足協以「不職業行為」罪名判罰半年至一年內不能入選國家隊。

　　除了隊長 Riley McGree 可趕及在下年 4 月復出，若澳洲能取得東京奧運參賽資格仍可參賽，其餘 3 名球員 Nathaniel Atkinson、Lachie Wales 和 Brandon Wilson 都肯定無法參與下年的東京奧運男足項目。《雪梨晨報》披露原來是因為這 4 名年青球員高興過後竟然賴帳並將該柬埔寨女子趕出飯店房間，該女子不忿於是向澳洲駐柬大使館狀告 4 人，雖然大使館沒有受理，卻已經令事情東窗事發，從而令澳洲足協決定調查和處分。

　　東京奧運卻延期了！

2019 年 11 月

88.
蘭帕德規定的罰單

　　切爾西本賽季在蘭帕德領導一群年青人征戰英超卻獲得相當不俗的成績，軍紀嚴明或許是他們踢得那麼好的主因。

　　早前網上流傳一張照片，內容是切爾西會所牆上掛著一幅寫滿球員違規罰單的掛畫，每項罰則都清楚列明罰款金額，當中第一至第六項都是各種遲到罰單，包括在比賽日、訓練日、球隊會議等，每次罰款高達 1000 至 2 萬英鎊不等，可見蘭帕德認為守時是多麼重要。

　　另外如果在在訓練前 1.5 小時沒有上報自己受傷或染病，後來被會方發現的話，球員又要繳交 1 萬英鎊罰款了。這些罰款將會用作球隊活動或慈善用途，所以如果不想被慈善的話，切爾西的小將們要乖乖聽話不要違規了。

2019 年 11 月

89.
門將射失十二碼的好笑場面

守門員主罰十二碼球在現今足球壇來說已經不是新鮮事，當然如果守門員是被選中的劊子手，想必是他非常有把握射中才讓他冒險，不過一名英格蘭業餘聯賽門將早前卻罰出一記令人啼笑皆非的十二碼球。

這名叫 Tony Breeden 的門將在 Nuneaton Borough 對 Stratford Town 的聯賽獲得十二碼球，當時的比分是 0 比 0，所以球隊讓他主罰是對他有信心，結果他卻用擅長開球門球的左腳，把皮球射高並擊中看台頂上的其中一枝光管，令該光管其中一邊脫落下懸在半空。幸好後來 Nuneaton Borough 也獲得十二碼球，這次換上另一名非門將球員主射並射中，結果以 2 比 0 贏下比賽。

https://www.youtube.com/watch?v=146E60ZTLGY

2019 年 11 月

90.
利物浦拒絕國際足聯安排的飯店

利物浦將於 12 月到卡達參與世冠球會盃，跟各國冠軍聯賽的盟主較量。最近有消息指「紅軍」拒絕入住國際足聯安排的五星級飯店，並不是因為耍大牌，而是最近有報道指出，國際足聯安排利物浦入住，位於人工島上的 Marsa Malaz Kempinski 飯店要求員工在攝氏 45 度之下連續工作 12 小時，以及時薪只有 8 英鎊，低於當地的最低工資法例要求。

消息指國際足聯已接納利物浦的要求，並準備再為紅軍物色合適飯店，務求讓這支應屆歐洲冠軍球隊在最佳狀態下參賽，為這項愈來愈不受外界關注的賽事爭取更多球迷參與。

2019 年 11 月

91.
巴薩球員圖蘭
給皇馬球員點讚引起風波

　　巴薩球員圖蘭（Arda Turan）在近期竟然給一個皇馬球迷發的推文點了讚，皇馬球迷的推特正文是一件皇馬球衣，這款球衣的袖子上印有第十一座歐冠冠軍獎盃的標誌。在對陣塞維利亞的歐洲超級盃中，皇馬穿上了這件特別的球衣，這件球衣的左袖上繡著歐冠獎盃的圖案，同時獎盃的中間還寫上了 11 這個數字，獎盃的底部是歐足聯的會徽以及「尊重」這個單詞。很快，巴薩球迷就發現了圖蘭的這個做法，並對其發起了潮水般的攻勢。

　　有人在圖蘭推特下寫道：「圖蘭證明了他最喜歡球隊的顏色，也許這件事是他加盟巴薩以來最好的表現。」還有人說道：「不能這樣啊，圖蘭你到底做了什麼！」巴薩球迷要求圖蘭立刻取消對皇馬球衣的點讚，還有人直接要求他趕快離隊，希望巴薩將其出售。

　　面對巴薩球迷的怒火，圖蘭隨即出來澄清。他不僅取消對皇馬球衣的點讚，還接連發了兩條推特為自己辯解：「兩天前，我的推特帳號遭到了駭客的攻擊。在我本人不知情的情況下，他們用我的帳號發了一條推特，並點讚了兩張圖片。」「希望大家能夠考慮我對此次事件的聲明，祝福大家永遠順利。」對於圖蘭的解釋，很多人巴薩球迷表示不相信，他們指責圖蘭在說謊，並繼續要求巴薩讓其轉會。去年夏天，圖蘭以 4100 萬歐元的身價加盟巴薩。因為 FIFA 禁援令，他一直到今年 1 月才獲得為巴薩出場的機會。在有限的出場時間裡，他發揮欠佳，

半個賽季僅交出 2 球 3 助攻的成績單，曾萌生離隊念頭。歐洲
國家盃上，圖蘭也未走出低迷，甚至遭到了本國球迷的噓聲。

2016 年 8 月

球場趣聞大

92.
另類頒獎禮，感謝這些球星去年為球迷帶來……歡笑？

這邊廂，C 羅又奪得本年國際足協頒發的世界足球先生。拖上新歡，帶著兒子，一副人生贏家的姿態踏上頒獎台，羨煞旁人；那邊廂，英國足球網頁《都市報》亦不甘示弱，辦了另一個「頒獎禮」，以作嘉許一眾球星，全年來為大家帶來歡笑。

最不知所謂世界足球先生 - Eden Hazard

曾自稱實力僅於梅西和 C 羅之下的切爾西中場 Hazard，予香港網民稱為「夏世三」（世界第三人簡稱）。然而，憑上季在藍戰士作出的「驚人」表現，46 場入 9 球 8 助攻，終於成功登基，恭喜恭喜。

最重「磅」收購 - Gonzalo Higuaín

請注意，此「磅」不同彼「鎊」。雖然前拿坡里前鋒轉會費高達 9000 萬歐元，但身價也不及其身形出眾。即便如此，他在新東家尤文圖斯依然保持高效表現，上陣 28 場，攻進 20 球，沒有成為「豬」隊員。

年度領隊 - Sam Allardyce

Allardyce 成為年度領隊基本上毫無懸念。去年上任作英格蘭國家隊領隊的他，締造兩個紀錄。一是在他麾下的英格蘭成就出史無前例的不敗紀錄；二是他的任期只有短短的 67 天，就因為醜聞下台，成為最短壽的三獅主帥。不過，作為「保級專家」的 Allardyce，職業生涯未有因而受到影響，最近成為英

超球隊水晶宮的總教練，要拯救目前排名 17 的球隊於水深火熱。

最超乎現實的轉會 - Jack Wilshere

　　把阿森納中場 Wilshere 租借予伯恩茅斯，成為最超現實的轉會。要知道，當時想把他收歸旗下，還有兩大義甲豪門 AC 米蘭和羅馬，他最終選擇伯恩茅斯，確實令人百思不得其解。

2017 年 1 月

球場趣聞大

93.
C羅飯店開幕啦！你會想住嗎？

在成功率領葡萄牙隊贏得 2016 年法國歐國盃冠軍之後，C 羅（Cristiano Ronaldo）也順理成章的成為了葡萄牙的國家英雄。近期，C 羅雙喜臨門。全球首家 C 羅飯店，在他的家鄉豐沙爾開業。

而馬德拉島機場，也將用 C 羅的名字來命名。C 羅去年就決定進軍飯店業，他要在全球開四家 CR7 飯店。如今第一家店開業，地址就在 C 羅家鄉馬德拉島的豐沙爾。

「這是個與眾不同的飯店，這裡有我的元素在。很顯然，第一家飯店必須開在馬德拉，這裡是我的根。」C 羅在開業典禮上表態，「這是我一切的起點，這一天對我來說非常重要。」另外三家 CR7 飯店，將分別建在里斯本、馬德里和紐約。在 CR7 飯店中，共有 3 種房型：普通房型名為 CR 房，每晚房價為 220 歐元，超級 CR 房每晚房價則為 275 歐元。CR 套房是頂級房型，每晚房價為 690 歐元。在 CR 套房中，有最頂級的景觀，另外還有兩個 48 英寸電視和一台 PS4 遊戲機。

飯店中到處都是 C 羅元素，就連他在博物館的銅像也被拉到飯店中。飯店擁有一個餐廳，還有泳池和室外健身房。飯店中，C 羅甚至還親自設計了一個健身計畫。C 羅擁有了自己的飯店，很快還將擁有自己的飛機場。為了表彰 C 羅對於葡萄牙的貢獻，馬德拉島決定用 C 羅的名字來命名機場。在家鄉，C 羅已經成了萬人敬仰的偶像。

2016 年 7 月

94.
Gunner 哥的吉祥轉世

美式運動，每一隊都有吉祥物守護，英式足球卻非如此，綠色恐龍 Gunnersaurus Rex 由 1993 年起，成為英超勁旅阿森納的吉祥物至今，然後有個男生自出娘胎，便說：「在我有記憶開始，我便夢想成為吉祥物。」

Gunnersaurus Rex 名字太長，下面簡稱 Gunner 哥。Gunner 哥父母不喜歡足球，他們是英國演員，1981 年拍電影時邂逅，祖父更是阿森納鐵杆粉絲，也是教人扮演吉祥物的老師。為兒子改名時，父母猶豫不決，叫 Steveasaurus 抑或 Alan？最後把大任交給祖父，而祖父就衝口而出：「不如叫 Gunnersaurus。」父母起初不太同意，但也尊重祖父的看法，兒子更謂：「我一直感謝爺爺給我改這個名字。」

「我一直渴望成為吉祥物，即使全世界都不明白，父母和老師都反對，之後還遇上競爭對手 Gary。」Gunner 哥童年時經跟爺爺一起到海布里看球，爺爺在英國著名吉祥物學院 Plushton 任教多年，故此鼓勵孫兒長大後從事吉祥物表演。英國體壇吉祥物大都在 Plushton 接受訓練，最早可追溯到 1966 年世界盃吉祥物 Willie，還有曼聯吉祥物弗雷德和切爾西吉祥物斯坦福雄獅等。

「第一天上課便遇上 Gary，其他人覺得他會擊敗我，成為槍手的吉祥物，Gary 為人外向，就連支持熱刺的老師們也被他迷住，甚至跟比他年長兩歲的籃球吉祥物約會。」Gunner 哥的名字藏有兵迷身分認證，但其姿體動作更像鴨子，其他同學都認為 Gary 必勝。

　　「我經常發白日夢，夢見自己在海布里與球迷打招呼，可能是長久而來太渴望成為吉祥物了。無論多少人質疑我，我都不會介意，也相信自己能做得比 Gary 更出色。」Gunner 哥為了挑戰勁敵，學習成為吉祥物期間，從早到晚都練習舞步，週末拒絕參加班級派對，轉而探訪兒童醫院，藉此研究吉祥物與球員、群眾互動的祕訣。

　　不是炮台，不是槍火，不是工廠，恐龍看似同阿森納風馬牛不相及，但《侏羅紀公園》在英國首映期間，Gunner 哥與時任阿森納主席偶然相遇，使他追夢的決心得更加堅定。「如果他想成為阿森納吉祥物，其他人肯定會笑掉大牙，恐龍跟阿森納有甚麼關係？他這輩子只能在小孩子的生日派對上表演。」Gunner 哥記得 Gary 對他說過這番話。

　　不成功，便成仁，Gunner 哥與女友分手，心無旁騖，把全副心機放在課堂上，父母曾僱用 1982 年世界盃吉祥物 Naranjito 為他補課，他說：「他不會說英語，意義不大。」冥冥之中自有主宰，槍手新吉祥物於 1993/94 賽季誕生前，兩人已在 Plushton 畢業，並獲邀參與試訓，看看誰能獲得「鐵飯碗」。

　　「海布里少年吉祥物錦標賽中，小孩子馬上愛上 Gunner 哥。」吉祥物需要感染力，Gary 輸得心服口服：「第一場比賽半場休息時，他作勢主射 12 碼，故意沒碰到皮球，四腳朝天，全場人都捧腹大笑。」他自扮演大炮，無法與觀眾作出更多互動，「我將皮球放進炮管，直接向球門轟去，射門力量太大，

守門員只有 9 歲，被爆炸聲嚇壞了，哭成淚人，那一刻勝負已分。」

Gunnersaurus Rex 誕生，阿森納創作了小故事，當年聲稱在球場底下發現了「恐龍蛋」，1993 年 8 月 20 日主場以 3:0 大勝曼城，Gunner 哥完成處子秀，夢化現實，但遺憾地，畢業前一年，祖父撒手人寰，無緣見到孫兒成為愛隊的吉祥物。

世事難料，Gary 沒再追逐吉祥物的夢想，在上世紀九十年代隨英國搖滾樂隊 Oasis 環遊世界，擔任舞台經理，直至 1997 年。「我有 3 個孩子和 1 個漂亮的妻子，生活美滿，唯一不滿的是，家人都支持熱刺。」Gary 當年重返校園，攻讀 MBA 學位，如今成為英國銀行貨幣政策副行長，但週末也會為孩子們的生日派對客串扮演吉祥物。

2019 年 5 月

95.
一個 FM 分析師的自述

　　隨著電競急速發展，數以千萬的產業形成，電玩和現實的距離愈來愈近，甚至逐漸分不清楚河漢界，「玩物」不再喪志。足球經理人遊戲 FM（即以前的 CM）幾乎是每一個熱愛足球必定玩過的電玩，以往一旦我們沉迷下去，必定被被父母怒斥，但今時今日我們大可理直氣壯回應：「這是我們的『將來』事業！」以下是 Matt Neil 分享經驗之談，他以前是 FM 玩家，現在是英乙球隊普利茅斯的首席分析師：

　　2008 年，我在 FM 網站留意到應聘廣告，招請 Truro City 的調查員，當時我只有 15 歲。出於好奇，我在前一個賽季又進場觀看過他們 5 至 6 場比賽，而且主場館與我的住處距離不遠，車費只需 3 鎊，門票只需 6 鎊，於是寄了電郵，不久就收到回覆，答應給我機會試一試。

　　在 Truro City 服務半年之後，我又看到普利茅斯招請分析師，心想「我看了他們的比賽超過 3 年」，信心十足，便自告奮勇，再一次自薦給他們。普利茅斯知道我曾在 Truro City 工作，我在表格上列出球員的詳細資訊，也明確告訴他們，我擁有他們的季票。

　　當時內心充滿掙扎，我雖然努力準備中學會考，卻情不自禁把不少時間和精神花在 FM 之上，最大的成就是為哈德爾斯菲爾德以我的名字建立了新主場館。電腦統計顯示，我不自然沉溺在遊戲內，5 年花掉超過 700 小時玩 FM，但當上調查員之後，我再也沒有在遊戲中選用過普利茅斯，因為我太瞭解他們了，對球員背景如數家珍，甚至連隱藏資訊也背誦如流。

　　去年夏天，普利茅斯簽下了門將 Marc McCallum，有些玩家記得他以前是蘇格蘭球隊鄧迪聯的神童，以往我玩 FM 時也簽過他。遊戲和現實真的是平行世界嗎？當 McCallum 來到普軍試訓時，剎那間我產生了一種前所未有的奇怪感覺，之前沒見過他，但當他走進來的一刻，便覺得是識於微時的舊同學。（今年夏天已離隊。）

　　第二天季前訓練，我倆一起閒聊 FM，有趣地，他也是剛開始選用普利茅斯，然後把球隊帶到英超，更用合理的轉會費簽下自己，實在太有趣了！然而，我問他接手球隊所做的第一件事，他居然是辭退了全部員工，我好奇問他：「把我都炒了嗎？」果不其然，這是非常奇妙的對話。

　　FM 的調查員散落全球，只有兩個人入層時未滿 16 歲，我是其中之一，其餘多數是 20 歲出頭。加入普軍之前，我已買了 4 個賽季的季票，每隔兩星期便會去一次青年隊，至今記得當時 U18 隊的球員，如 Lloyd Saxton 目前效力瑞典的松茲瓦爾，Christian Walton 效力布萊頓；Lloyd Jones 和 Sam Gallagher 分別效力英超的利物浦和南安普頓，而 Joe Mason 則加盟狼隊。加入球隊不久時，我對 Mason 的評價極高，於是在遊戲中提升他的能力值，之後他曾為卡迪夫城在足總杯決賽破門。

　　我評估球員相信自己眼睛所見，從來不依靠之前的調查員，有些前鋒是集中力不足，但與射術無關；有些後衛面對強隊時非常緊張，但在其他比賽又穩如泰山，因此，分析師是需要長時間的觀察，才能從中找到平衡點。

　　以前我是某慈善機構的志願者，當時普軍仍處於被託管狀態，每場比賽前都舉行球迷狂歡節，費用是 5 英鎊，收入會分給當時的「零薪」員工。球隊在我們這些「米飯班主」供養半年後，員工每周可獲得 100 鎊，也算是不大不小的報酬。每星期我有 5、6 日留在球隊，跟員工同朋友沒兩樣，有天同祕書私底下聊天，告訴他一個業餘球員近期狀態殺很大，祕書後來傳話給總教練 Carl Fletcher。

　　總教練翌日要求我把球員的資料和視頻整合一下，再給他看一看。一個月後，Fletcher 告訴我球隊的分析師離職了，有沒有興趣接手，內心想法是「哈哈，明天上班可以嗎」，但我沒有把興奮的心情表露出來。第一次同總教練見面，我表露真正身分是 FM 調查員，自然加了印象分，當 Fletcher 知道我過去 4 年一直收集球隊的資料時，我倆一拍即合。

　　當時我只有 21 歲，想不到得到一份夢寐以求的工作，但正因為年輕，其他人對我不太有信心，更不幸的入職半年後，總教練被辭退了。這是現代足球，一朝天子一朝臣，我作好最壞的打算，也在反思自己的不足。新帥的執教風格與前任南轅北轍，訓練時特別著重定位球，不太在乎數據，也不太在乎對手的資料，但這段日子讓我重新明白足球世界的現實。

　　我是血氣方剛的男生，父母不明白我為何沒有女朋友，但有所不知，我每天長時間對著電腦，哪有時間尋找愛人？首輪對陣盧頓後，全隊人馬出去吃晚餐，我的手機收到超過 25 條短訊，全部都是其他分析師發給我的。

　　其實，我沒有告訴球員，自己是 FM 的調查員，可惜他們看到我對他們的評價時，令我日後在球隊內無法面對他們，但曾經被隊醫怒氣沖沖對我說找上我：「為何球隊的醫療能力只有 10？」上賽季，我同普軍球員一起在隊巴玩 FM，選擇用伯恩利帶隊衝上英超，結果只有我和 20 歲前鋒 Louis Rooney 能夠達成目標。

2018 年 1 月

球場趣聞大

96.
「狡猾的合約」到底有多狡猾

　　如果你們是星爺周星馳的粉絲，應會記得《國產凌凌漆》內其中一件法寶「狡猾的槍」，它會一次向前射，一次向後射，前後輪流的發射，令人無法捉摸。原來，足壇內的職業合約也是非常「狡猾」，有些甚至匪夷所思，教人摸不著頭腦。

　　2015 年 9 月，《足球解密（Football Leaks）》網站橫空降世，接連公開文件，踢爆內幕，當中不乏轟動細節，如 Gareth Bale 的轉會費高於皇馬隊友 C 羅，以及 Neymar 交易祕聞等。然而這個由駭客操作的網站，一年多後被葡萄牙警方搗破，被指涉及威脅球隊的醜聞，正式「關門」。

　　2016 年底，名字一樣的網站《足球解密（Football Leaks）》居然重生，但其實全新的網站是由國際記者協同調查組織攜手打造，記者來自西班牙《世界報》、德國《明鏡週刊》、英國《泰晤士報》等傳統權威，盛傳手上掌握超過 1800 萬份機密檔案。

　　根據《足球解密》消息指出，利物浦汲取前射手 Luis Suarez 被阿森納挖角的經驗，引進巴西中場 Roberto Firmino 時，附加條款列明禁止改投兵工廠，可見機關算盡。事實上，《足球解密》出現之前，大家都知道勞資合約內充滿「魔鬼細節」，紅軍是其中一支懂得掌控生殺大權的老闆。

　　1992 年，挪威左後衛 Stig Inge Bjornebye 加盟紅軍時，附同條款非常奇怪，居然嚴禁球員參與滑雪運動，難道私人時間都沒有自由？原來，他的父親是跳台滑雪運動員，他自小就懂

得滑雪，紅軍高層認為這是項高危運動，以防萬一，有備無患，結果 Bjornebye 效力了 8 個寒暑，期間並沒因滑雪而受傷。

義大利前鋒 Mario Balotelli 本賽季免費轉投法甲的尼斯，離開紅軍前的合約寫明，擁有「良好紀律」獎金，只要一個賽季被罰的紅牌少於 3 面，便可得到 100 萬鎊之多。紅軍老闆對巴神宅心仁厚，訂下的條款非常寬鬆，而且只要在英超或歐冠聯踢進 5 粒進球以上，此後每一球的獎金也有 5 萬鎊，但是這位義大利人當時不太爭氣，上陣 16 場僅進 1 球而已。

葡萄牙巨星 C 羅與身邊工作人員和家庭傭工簽下合約，禁止對外披露私底下生活細節，直至他本人或直系親屬死後 70 年，才能公諸於世。細想一下，嚴格得來又有點滑稽，試問 70 年之後，那些細節就算被曝光，相信媒體也不太相信，除非，有圖有真相。

「狡猾的合約」隨處皆有，前荷蘭國腳 Rafael van der Vaart 上賽季效力貝提斯，被禁止穿上紅色戰靴比賽，原因是同城死對頭塞維利亞的主色是紅色，所以球員不得為對方助威。2003 年掛靴的前瑞典中場 Stefan Schwarz，1999 年離開蝙蝠軍團瓦倫西亞，加盟「黑貓」桑德蘭時，或大腦進水同高層說了不該說的話，導致被加入「太空旅行（Space travel）」的條款，時任總裁 Fickling 一本正經表示：「我們必須捍衛球隊的利益，絕不接受球員飛上太空。」

卡地夫城前主席 Sam Hammam 是英格蘭球壇的「怪男」，Spencer Prior 於 2001 年由曼城加盟時，合約加入了「必須與一

頭綿羊接觸，並且吃掉羊睪丸」，細節為人側目。「我們要測試球員的勇氣，他拒絕生吃羊睪丸，但願意煮熟後嘗一口，其實可配上檸檬汁、鹽和香菜等配料更加美味。」Hammam 得意的證實傳聞。這份合約最終獲得英格蘭足總通過，Prior 吃完大餐後，也效力了 3 年才離隊。

　　無論合約條多詭異，只要雙方簽下大名，我們就該尊重合約精神，其實「魔鬼細節」有時是「天使細節」。前西班牙國腳 David Villa 於 2010 年轉投巴薩，成為隊史首位加入「反種族歧視條款」的球員，雙方協議不得在公開場合作出任何形式的行為表達種族歧視的觀點，時任拉主席 Laporta 大讚對方敢於開創先河：「自此之後，我們決定在所有球員的合約內加入有關條款。」時至今日，國際足聯並沒有清晰的條例監管勞資合約細節，衍生很多奇奇怪怪的附加條款，大都對資方不利，我們是時候檢討和修補這個漏洞。

2018 年 1 月

97.
英格蘭前鋒餵獅子

　　英格蘭前鋒 Harry Kane 近年進球如麻，2018 年世界盃決賽圈更獲得金靴獎，是所有對手後衛的噩夢。

　　最近他跟家人一起到動物園參觀，而且還有機會用生肉餵養獅子。Harry Kane 猶如在場上接應隊友傳送一般，在動物園職員手上接過一片生肉，此舉就像他在場上拿到皮球就肯定引來對手嚴防一樣，鐵籠內的獅子立即對 Harry Kane 虎視眈眈。

　　Harry Kane 不慌不忙的把肉準確送到獅子的口中，過程簡單輕鬆。當然如果閣下想跟 Harry Kane 一樣享受餵養獅子也絕對 OK，只要到倫敦 Broxbourne Zoo 放下 199 英鎊就可以。

2019 年 3 月

98.
妻子與初戀情人非常相似

有人說過初戀情人足以影響一生，特別是往後選擇伴侶的條件也必然跟初戀情人有相近之處，前世界足球先生 Kaka 肯定相當認同這一觀點。

最近他在 Instgram PO 上與未婚妻的擁抱照，照片的重點是未婚妻舉起寫上「I said yes!」和無名指戴上鑽戒的左手，示意未婚妻終於願意下嫁 Kaka。

帥氣又富有的 Kaka 可以再婚本來是自然不過的事，不過這名未婚妻的名字是 Carolina，跟 Kaka 首任妻子 Caroline 的名字幾乎一模一樣，而且前妻和未婚妻也是身材高挑，擁有大眼睛和金色長髮美女，看來初戀對 Kaka 而言是多麼刻骨銘心。

2019 年 3 月

99.
豬隊友害慘了球員

　　傷患是運動員最大的敵人,那麼如果要選第二大敵人的話,豬隊友也許可以當選。

　　最近一場巴西盃賽中,Trinidade 隊年青球員 Bernardo 在比賽期間受傷倒地,需要救護車駕進球場把他送出場外治療。

　　豈料駕駛員不知是菜鳥或原本跟 Bernardo 有仇,竟駕車撞到 Bernardo 令他傷上加傷。幸好救護車僅輕微撞到 Bernardo,令 Bernardo 也不至於因為這無妄之災受重傷。

　　而且他的球隊最終以 1 比 0 擊敗巴西豪門球隊 Flamengo,也算是壞事之中有好消息。

2019 年 3 月

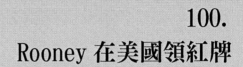

100.
Rooney 在美國領紅牌

球場趣聞人

　　前英格蘭國腳 Wayne Rooney 將於下年 1 月重返英格蘭，到英冠球隊德比郡成為球員兼任助教，令一眾英格蘭和曼聯球迷相當期待。

　　可是這名 33 歲前鋒在日前一場華盛頓聯對紐約紅牛的美職聯賽事，在一次角球進攻時為了搶占有利位置，竟然用手圈着對手的頸項，繼而用手肘打對手的面部，最終被裁判判罰紅牌出場，這也是 Rooney 在本賽季第 2 次獲得紅牌。

　　Rooney 雖然曾在一些比賽上作出美妙的進球和助攻，可是據報他是因為到了美國後酗酒過量令妻子相當不滿，在妻子要求下決定提早兩年離開華盛頓，回到英格蘭準備展開教練生涯，可是以 Rooney 現在這種心理狀態，要成為稱職教練似乎仍然要付出很大的努力才可。

https://www.youtube.com/watch?v=JGS4vJVmE8M

2019 年 8 月

101.
球迷瘋狂想射門

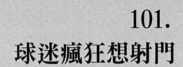

　　國際足壇上間中有些頑皮的球迷在比賽期間衝進球場,有些是為了跟偶像球星索取簽名和合照,有些則是為了表達特別意見,也有些是純粹發洩興奮的感覺。

　　最近英國有一名球迷相信是為了希望在職業比賽上進球,所以在 Salford City 主場迎戰利茲聯的聯賽盃賽事期間闖進球場,他興奮地在球場上拿到皮球後準備射門,在場上的球員其實也懶得理會他,原封不動地讓他「突破防線」。

　　這名興奮的球迷面向空門準備起腳時,他卻突然仆倒在地。不會那麼輕易被失敗打倒的他決定起來再嘗試射門,豈料這次是場邊的守衛看不過眼,衝進球場一腳把皮球踢走,令這名球迷難得闖進球場也無法圓夢。

　　https://www.youtube.com/watch?time_continue=4&v=26wdBCp6l_o

2019 年 8 月

102.
動物也當球迷

　　除了人類有時候會闖進球場，動物也喜歡在球場流連，令需要在球場上進行比賽的人類相當頭痛。早前巴西甲級聯賽賽事 Fortaleza 對 Internacional 開賽前來了一群蜜蜂，說起來也奇怪，因為它們只是喜歡圍在其中一枝角球旗飛舞。

　　球場職員試圖噴水趕走它們沒能成功，有職員索性把蜜蜂們最喜歡圍住的角球旗布拿起，反而讓站在球場旁邊，拿住角球旗布的球童被蜜蜂圍住弄傷。職員們沒辦法，唯有把旗布放回角球旗上。後來他們決定在角球旗塗上化學物料，蜜蜂在死傷慘重之下倉皇逃走，令比賽延誤了 19 分鐘才開打。

https://www.youtube.com/watch?v=XD8UBy01Z6U

2019 年 8 月

103.
球星進行飛行的安全示範

　　每一個坐過飛機的乘客都肯定看過航空公司展示的安全示範，如果沒有漂亮的空姐或帥氣的空少在你面前示範，或許很難令你提前興趣看完示範。

　　最近卡達航空為了讓球迷更專心看示範，於是請來前巴西隊隊長 Cafu 和拜仁慕尼黑射手 Robert Lewandowski 參與飛行安全示範，Cafu 和 Lewandowski 在影片開始便進入更衣室準備聽教練的賽前指示，不過飾演教練的英國籍演員 Jason Thorpe 卻不是說什麼戰術，而是跟 Cafu 等球員一起講解飛行安全示範，Cafu 和 Lewandoski 更親自示範如何配戴氧氣面罩和穿上充氣救生衣，最後教練更請來 Neymar 透過視像作保持頭等坐位的門常開的示範，畫面相當有趣。

https://www.youtube.com/watch?v=3zDo_NHq6tc

2019 年 12 月

104.
靠裸照挽回球迷的心？

　　義甲球隊拿坡里本賽季陷入混亂，不僅在聯賽不斷失分，恐怕無法挑戰聯賽錦標，而且縱然在歐冠晉級淘汰賽，卻在晉級後立即辭退名帥 Carlo Ancelotti，改任名聲比前者差很多的 Gennaro Gattuso 接任總教練，不少球員也可能在冬季轉會窗選擇跳船離開。

　　或許是為了挽回球迷的心，所以拿坡里日前推出 2020 年官方月曆的宣傳片，Driss Mertens 和 Kalidou Koulibaly 以近乎全裸的仿古羅馬服裝亮相，與女模特兒一齊大跳功夫足球舞，令這支面臨星散的球隊再受矚目。

　　https://www.youtube.com/watch?v=Dqf3Q2UlKwY

2019 年 12 月

105.
愛的反面就是恨

球場趣聞大

　　所謂「愛的反面就是恨」，足球壇有不少球員因為轉投了前東家的死敵球隊，從球迷寵兒淪為被辱罵攻擊的對象。

　　瑞典前鋒 Zlatan Ibrahimovic 自從早前入股母會馬爾默的死敵哈馬比之後，便遭馬爾默球迷侮辱為叛徒，而且連豎立在馬爾默的 Ibramovic 銅像也不能倖免。

　　起初球迷是在銅像的臀部寫上「猶大」，並把廁所板放在銅像的手上，最近更升級為把銅像的腿部破壞，令銅像開始出現搖搖欲墜的情況。因此當地警方需要派員保護銅像，以免銅像因過度破壞造成倒塌，從而產生意外事故。

2019 年 12 月

106.
阿聯足球奇怪規則，
刮光兩邊頭髮算違規

　　阿拉伯世界對於外界來說有點神祕，皆因他們有不少難以理解的傳統、文化和規則。中東小國阿聯的足協最近頒布一條新規例，就是如果球員的髮型不符合道德，就不能出場比賽，令 46 名球員受影響。

　　「髮型不符合道德」聽起來很抽象又令人啼笑皆非，那到底怎樣才算不道德？原來新規則列明兩邊的頭髮不得比頭頂的頭髮短，所以效力當地冠軍球隊艾爾恩（Al Ain）的迦納隊長吉安（Asamoah Gyan），如果要保留現在的 Mohawk 髮型的話，就肯定不能出場了。

　　此外，有「海灣梅西」之稱的阿聯隊長奧馬爾（Omar Abdulrahman），他的爆炸頭髮型在規則上也算違規，不過他有豁免權，相反髮型跟奧馬爾一樣的蘇凱爾（Suhail Al-Mansoori）卻被視作違規，因此引起當地輿論非議。外人看起來這些文化都很奇怪，不過對於穆斯林來說就是非常認真，所以裁判往後每場比賽前也要連頭髮都檢查，看來真是辛苦他們了。

2017 年 9 月

107.
中田清酒顯名揚

前日本國寶中田英壽 29 歲盛年就宣布退役，令人驚訝，教人惋惜。但十年後，中田卻憑他獨有的氣質和藝術觸覺，不獨成為歐洲時尚界的寵兒（GQ 雜誌的封面、Louis Vuitton 的時裝騷，Calvin Klein 的代言人），更以自己名字創立「N」的清酒系列，配上不同國家的料理，成為歐洲飲食界高檔品牌。

1.75 米高的中田，身材單薄，但憑高度的足球智慧，卓越的閱讀球賽能力，妙到巔豪的輸送和角度刁鑽的射門，令中田在平塚比馬迅速冒起，以 20 歲的「幼齡」就成為亞洲足球先生，更連續兩屆當選。

1998 年中田繼三浦知良成為第二位日本球員加盟義大利頂級聯賽的佩魯賈隊。中田的優越表現，令他於 2000 年便以 2800 萬歐元加盟「首都狼」羅馬，創下亞洲球員轉會的新紀錄，更維持了 14 年之久。

在中田的指揮下，羅馬前鋒無論是 Totti、Montella 和 Batistuta 都能如魚得水，羅馬也一嘗心願，於 2001 年獲得義甲冠軍。可惜因為傷病，很快就給新教練 Capello 放棄，黯然轉會到帕爾馬，中田終於結束了幾年的飄泊無定，在帕爾馬安頓下來，並協助球隊奪得義大利盃。

可惜身材與體力的限制，加上早來的傷病，令中田繼續在義甲漂流，先後流落到博洛尼亞和佛羅倫薩，最後更被外借到絕不合適他的英超，2006 年，連在英超弱旅博爾頓也無法立足的中田終於意興蘭珊，宣布退役。

　　畢竟是少數能在歐洲頂級賽事效力多年的亞洲球員，中田的成就不單止在日本，甚至在歐洲也廣為承認。國際足聯就將中田列入世界百年來的 125 球星之一，更是唯一入選的日本球員。玉樹臨風的中田天生一副名星相，他更酷愛時尚，他自白在義大利的日子中：「除了每天努力提升自己球技外，我也著力提升自己的品味！」

　　從與中田有過緋聞的女星如宮澤里惠（Miyazawa Rie）、中山美穗（Miho Nakayana）和 Maggie Q 等，可見他是真箇風流，口味絕非庸俗。中田同時更是時裝代言人，珠寶設計師，可見他才華的多元！

　　過去 8 年多，中田巡迴於日本 47 個行政區中，由沖繩到北海道，為的是要走訪各地的達人和清酒大師取經。雖然清酒在日本無人不識，但中田認為無人真正了解清酒。

　　他覺得清酒絕對有潛質好像紅酒一樣，成為歐洲的飲食界的時尚。中田決心要開創歐洲的清酒文化。他舉行清酒酒會，邀請各地名廚為清酒設計料理配套。中田更不愧為潮流達人，利用時代的尖端的手機 apps 開發了一個叫 Sakenomy 的軟件，為用家提供各類型清酒的資訊，更有日文、英文和意大利文的版本。

　　英壽退役殊堪惜，中田清酒顯名揚。難怪有人說中田絕對不只是日本的足球天皇，也是一個「哲學家」，更是一個「擁有不老靈魂的外星人」。相信誰也不信，日本清酒揚威國際，竟是由一位球員促成。

球場趣聞大

中田英壽小檔案

全名：Hidetoshi Nakata

年齡：22/01/77

國籍：日本

位置：中場

曾效部分球會：平塚比馬、佩魯賈、羅馬、帕爾馬

國家隊紀錄：77 場/11 球

隊際主要榮譽：意甲（2001）、意大利盃（2002）、麒麟盃（1997）

個人主要榮譽：日聯最佳陣容（1997）、日本足球先生（1997）、
亞洲足球先生（2 次）、亞洲最佳陣容（3 次）

2018 年 1 月

108.
為何球星鍾情美國「螻蟻」？

　　早前，魔獸 Didier Drogba 踢進一記技驚四座的遠程炮，離門 40 多碼直飛球門，網民驚嘆之餘，也不禁問：「咦，原來他還在踢球？」沒錯，這位前切爾西中鋒效力鳳凰城 FC，而且也是球隊的班主之一。為何寶刀未老的他，沒留在美職聯，而是委身美國次等聯賽？

　　「你做不了這場大秀的主角，也不代表你本人不可能成為大秀。」前美國國腳 Wynalda 一句話解釋了球星們，湧進美國次等聯賽的關鍵。美職聯自成一角，不像歐洲主流聯賽，本身（MLS）不設升降制度，與次等聯賽並沒直接關係，因而 North American Soccer League（NASL）和 United Soccer League（USL）也可稱之為二級聯賽。

　　39 歲 Drogba 是成立 3 年的鳳凰城 FC 班主之一，其他股東有音樂人 Pete Wentz 和美職棒 Brandon McCarthy 等；2015 年成立的邁阿密 FC 也由球星擁有，包括前 AC 米蘭隊長 Paolo Maldini，而 Eden Hazard、Demba Ba、Yohan Cabaye 和 Moussa Sow 就聯合出手，創建聖地牙高 FC 將於 2018 年面世。這些小球隊大都在 1 萬以下的院校球場競技，鳳凰城 FC 的主場容納只有 6000 多人，究竟美國「螻蟻」足球隊如何吸引到球星的青睞呢？

　　要理解這個有趣課題，先要理解 MLS 體制。MLS 選擇沿用美式運動模式，走「共產制」，收入是整個聯盟瓜分，班主「擁有」的球隊，實際上是擁有經營權，真金白銀的投資，換來是加入 MLS 的大家庭，亦即成為 MLS 的會員之一。美式運

動的制度不向歐洲靠攏，英式足球亦然，MLS 的球員並非屬於球隊本身，合約實際上是同聯盟簽訂。歐洲聯賽效力的球星們，合約的自主空間大減，包括肖像權、商業開放權甚至轉會方式也要重新適應。

時至今日，MLS 球隊的經營權約為 1.5 億美元，同時要按要求興建或收購足球專用的運動場，新成立的球隊必須向聯盟提供 1 億美元的保證金，所費不菲，同時要與市政府合作。相向，美國二流聯賽的費用甚少，不足 1000 萬美元已可成為班主，更可租借足球場。更重要是，NASL 和 USL 的球員是「你的球員」，而非「聯盟的球員」，這一點是吸引到歐洲球星紛至沓來的最大原因。

試想想，洛杉磯銀河培養到的球員，一旦被歐洲豪門奪去，轉會費卻要大家一起瓜分。但鳳凰城 FC 培養出來的球員，如可賣到歐洲，轉會費卻是全數收回。而且，1000 萬美元在今天的轉會市場，簡直是小菜一碟，只要找到 1、2 名天才小將，已可賺到笑逐顏開。平心而論，這對美國足球而言是雙贏局面，尤其是美國年輕球員居然可以在次等聯賽，跟前世界級球星交鋒，機會千載難逢。

中國富豪瘋狂投擲銀彈，從世界各地引入球星，但球星來的原因僅為了賺你們的錢，賺完便拍拍屁股離開；恰恰相反，富豪球星看到美國足球的商機，從而進來「造星」，把錢投資在美國小將身上，得益的只會是美國足球。

2017 年 9 月

球場趣聞大

109.
幻覺？
全隊球員的球衣名字都一樣！

人有相似，名有相同？當你踏進足球場上，始發覺面前的對手，竟然發現他們背後的名字全部時，你會有甚麼反應？敵人出詭招？印錯球衣？抑或…不是開玩笑，這件事發生在德國。

一般情況下，西方球員會把姓氏印在球衣背後，方便裁判和觀眾識別，一名德國業餘地區球隊 SpVg Niederndorf 突然成為熱話，原因是在一場比賽上，他們派出了包括門將在內的 11 名 Uebach 球員上陣！

敵人隨時被他們的做法搞混，原來他們不只擁有 11 名 Uebach，而全隊合共 37 名球員，姓氏一律都叫 Uebach！有趣的是，他們其實是想利用球衣作為「宣傳」工具，呼籲同一血源關係的遠訪親戚加盟。

「去年我們喝醉之後，產生了這想法，當時球隊已有一兩個 Uebach，他們想讓兒子披甲，而我就請求兩名兄弟出手。」教練 Uebach 透露令人捧腹大笑的組軍歷史。事實上，Uebach 在德國是相當於陳李張黃的普遍姓氏，原意是「穿越這兒的小溪」。

由於每個人的姓氏如同一轍，故此教練在講解戰術時，都要加上號碼，避免連隊友之間也愈搞愈糊塗！

2017 年 5 月

110.
玩物喪志？
電玩是大數據時代的重要零件

球場趣聞大

打電玩，父母永遠覺得是遊戲，不僅荒廢學業和工作，更害怕你會成為宅男宅女。時移世易，很多電玩內含大量資料、智慧和知識，尤其是足球電玩，正在悄悄改變世界。

撫今追昔，美職棒球隊奧克蘭運動家的總經理 Billy Beane，相信是在運動世界拉開大數據時代序幕的始作俑者。Billy Beane 發明了一套方法，利用科學化分析評估球員，不僅量化了球場上的貢獻，甚至可以量度到經濟價值，此方法後來被寫成影響深遠的書籍《魔球》（Moneyball），故事更在 2011 年被搬上大螢幕，男主角是一代型男 Brad Pitt。

足球比賽愈來愈像一盤棋局，如翻查典籍的話，資料性研究可追溯到上世紀五十年代，Charles Repp 記下了球員的傳球次數和跑位情況，分析賽事的成敗，到了七十年代，名震一時的烏克蘭「胖子教練」Valeriy Lobanovsky，無疑是這方面的專家。1992 年英超成立後，巨額轉播費改變了足球生態，催生數據分析公司的誕生，那就是 1995 年面世的 Prozone，一年後輪到 Opta 成立，兩間公司目前更是足壇權威。

影響了幾代男生的足球經理人遊戲 FM，與英超同年誕生，那一年，資料庫內已擁有約 4000 名球員，每名球員各有 30 種屬性。即將踏入 25 周年紀念的 FM，目前已經走出虛擬世界，與現實環環相扣。今年英國科學節上，FM 所屬公司 Sports Interactive 的戰略發展主管 Tom Markham 博士自豪表示：「整合所有資料是一項浩瀚的工程，目前工作人員遍及 51 個國家的 140 個聯賽，深入研究過 2250 支球隊。」

250

　　FM 資料庫記載了 319726 名球員，如加上退役球員的話，總人數達到 60 萬之巨，每名球員擁有 250 項資料，其中的 47 項會呈現在遊戲之中。真的假不了，假的真不了，FM 的詳盡資料絕非虛構，公司獲得 1300 名球探提供資料，部分世界級勁旅更派駐了超過一名球探，分別觀察不同年齡梯隊，也具有平衡數據的作用（以免盡信一面之詞）。

　　當今足壇的總教練，不乏數據派專家，例如現任英格蘭主帥 Sam Allardyce 和前利物浦總教練 Rafa Benitez。通過大量數據分析，教練可減低球員受傷的風險、評估攻守效率、戰術的平衡度等等。再細緻一點，門將撲救十二碼時，已不再單憑直覺作出判斷，而是在賽前「做功課」，記住一些劊子手偏愛的方向，增加撲出十二碼的機會率。

　　成功非偶然，上上賽季英超冠軍萊斯特城就是數據派的代表之一，無懼低控球率，利用快速反擊把列強殺個片甲不留，亦把數據分析用到買人之上。職業球隊使用 FM 的資料並非新鮮事，皆因一般英超球隊的國際球探平均只有 7 人，並沒有足夠資源派駐到較小的國家。究竟這遊戲有幾認真？由挪威新人 Martin Odegaard 的例子，可見一斑。

　　Odegaard 年僅 15 歲代表挪威大國腳，16 歲被皇馬收購，卻因年齡太小而無緣現身遊戲，引起爭議，結果其父母簽下了同意書，遊戲才把他加入資料庫。遊戲的球探把 Odegaard 的資料送到挪威分部時，起初未能通過。一個 15 歲的小子，進球率太高了吧？於是，挪威分部主管專程前往現場觀戰，經過十

多場比賽後，才批准把資料送上倫敦總部。遊戲時遊戲，工作時工作，這句話日後恐怕要改為「遊戲時工作，工作時遊戲」了。

2017 年 8 月

111.
千萬不要亂學前人行為

　　明星球員的行為舉止經常被世人模仿，不過如果不加思索就模仿的話，也許會因此吃大虧。

　　C 羅納度早前在歐冠率領尤文圖斯反勝馬德里競技，他在進球後作出馬競主帥 Diego Simeone 曾做過的不文慶祝舞步。克羅埃西亞小將 Tino Blaz Laus 最近竟有樣學樣，在一場 U19 比賽中取得進球後也作出類似的不文舞步，結果裁判毫不猶豫地向他出示紅牌，令這名小將相當愕然！

　　或許他看過 C 羅做完這舞步後沒有受罰，所以才以為這是很帥的表現吧。不過歐足聯也已經對 C 羅秋後算賬，追加 C 羅在往後的歐冠賽事停賽。所以凡事要三思而後行喔！

2019 年 5 月

112.
年少也有大俠風範

　　職業足球世界當中，爭取勝利就是至高無上的目標，所以有時候為了爭取射十二碼球的機會，不少前鋒會選擇在對手禁區假摔。

　　不過最近一名吉爾吉斯少年卻以行動向這種不君子行為說不。13 歲的 Beknaz Almazbekov 在一場土耳其 U14 聯賽比賽中以隊長身分率領豪門球隊 Galatasaray 對決 Istanbulspor，他在一次盤球進入禁區時不小心跌倒，裁判卻示意 Galatasaray 獲得十二碼球。

　　Beknaz Almazbekov 雖然沒有跟裁判解釋這是誤判，不過他在處罰時故意把皮球踢到底線，獲得對手門將鼓掌尊重。最終 Galatasaray 以 3：0 取勝，Beknaz Almazbekov 可說是比賽和球品皆贏。

2019 年 5 月

113.
抱得貓貓不容易

　　利物浦中場球員 Alex Oxlade-Chamberlain 最近一年可說是流年不利，自從去年 4 月重創後一直無法上場，也錯失參與俄羅斯世界盃的機會。這名 25 歲英格蘭國腳最近竟然虎落平陽被貓欺！

　　Oxlade-Chamberlain 的女友最近收養了一頭白貓，她興致勃勃的介紹小貓給 Oxlade-Chamberlain 認識，正當後者準備抱起白貓時，白貓竟然作出強烈反抗。

　　Oxlade-Chamberlain 倒也很有耐心的嘗試抱起白貓，不過白貓總是在他抱到之前就溜掉。直到後來 Oxlade-Chamberlain 終於抱起了白貓，可是不到 2 秒鐘之後，白貓就抓傷了 Oxlade-Chamberlain 的手並逃之夭夭，令後者最終無奈投降，只能不斷大叫以後休想他把食物餵給白貓，也令他的女友笑翻了。

2019 年 5 月

114.
疏忽下成大錯

　　守門員接到皮球，理應是已經中止對手進攻，並開始自家球隊的攻勢。可是英格蘭乙級聯賽球隊 Notts County 的守門員 Ryan Schofield 卻在接到皮球後被對手以守株待兔的方式偷襲得手。

　　早前 Schofield 在 Notts County 對 Carlisle United 的比賽接下對手的來球，正當他將皮球放在草地上準備踢前的時候，潛伏在球門已久的 Carlisle 球員 Hallam Hope 見狀立即跑到 Schofield 背後搶走他的皮球，然後立即把皮球射進網窩。

　　這一個進球完全沒有違反球例，所以進球當然有效，只怪 Schofield 自然實在太不小心。不過這個進球沒能阻止 Carlisle 在這場比賽落敗。

2019 年 5 月

115.
De Rossi 改到阿根廷

　　曾經是義甲球隊羅馬象徵人物的 Daniele De Rossi，在今夏因為不獲球隊續約，所以無奈離開效力了 19 年的羅馬。由於他還想繼續踢球不想退役，所以毅然放棄成為「One Club Man」的榮譽，遠赴阿根廷加盟博卡青年。

　　最近他在阿根廷盃賽事首次為博卡青年上場，只花了 28 分鐘便以頭球取得進球。這名 36 歲中前義大利國腳在 35 分鐘因為跌倒對手被裁判罰一張黃牌，他在 77 分鐘被換出場。保卡青年後來被乙級聯賽球隊 Almagro 追和，還在互射 12 碼階段輸了，在 32 強賽便爆冷出局，令 De Rossi 的完美開局成為泡影。

https://www.youtube.com/watch?v=RVEHjy3ANv4

2019 年 8 月

116.
足球史上第一個
因為玩泥漿摔角而被解僱的足球員

前法國國腳 Adil Rami 或許是足球史上第一個因為玩泥漿摔角而被解僱的足球員。

去年才入選法國隊參與世界盃決賽圈大軍，成為 23 人大軍中唯一沒有出場卻拿到冠軍金牌的 Adil Rami，去年在法甲球隊馬賽表現已經很差，也令球隊本賽季沒有參與歐洲賽資格。最近馬賽更發現他在上賽季尾聲時報稱受傷沒有參與訓練，原來是參與電視真人秀拍攝，其中一項節目內容是他玩泥漿摔角。

事件令馬賽管理層非常生氣，所以決定把這名 33 歲中衛開除。說起來 Adil Rami 近年的怪異行為也相當多，除了這一次開小差，他在最近 2 年更與比自己年長 22 歲的著名艷星 Pamela Anderson 拍拖，直到今年 6 月 Pamela 在 Instagram 公開揭穿 Adil Rami 一直同時搭上另一名女生，令 Adil Rami 聲名更狼藉。

2019 年 8 月

117.
Griezmann 的夢想球隊

球場趣聞大

知名足球經理遊戲《Football Manager》系列由於可以令玩家極度投入職業球隊領隊或總教練的角色，所以多年來都非常受全球球迷歡迎，甚至有不少職業球員、領隊和總教練也是玩家。

去年替法國贏得世界盃的 Antoine Griezmann 最近在 Twitter 刊登一張照片，內容是他在《FM》遊戲中擔任兵工廠領隊後，在 2023 年賽季時的正選陣容。

看來 Griezmann 對目前兵工廠的陣容不以為然，因在「4 年前」已沒有現在效力兵工廠的球員在陣，包括以 2250 萬英鎊身價將自己在法國國家隊的好友 Alexandre Lacazette 賣到本賽季降到英冠聯賽的赫特斯菲爾特，令 Lacazette 也不禁留言問為什麼。

相反 Griezmann 領隊很願意為兵工廠大灑金錢，在各歐洲豪門球隊羅致號稱為「新 C 羅」的 Joao Felix 和英格蘭國腳 Jaden Sancho 等新一代球星，務求令兵工廠擺脫目前獎盃荒的厄運。

2019 年 8 月

118.
C羅納度的彈跳力驚人

　　C 羅納度早前在尤文圖斯擊敗桑普多利亞的聯賽中，以一記頭球協助球隊取勝，後來媒體量度了他跳起頂頭球時的高度竟然達 2.56 米，而且懸在空中長達 1.5 秒，因此外界從此稱 C 羅為「Air Ronaldo」。

　　有 YouTuber 及後將 C 羅跳高的動作沖洗出跟本尊一樣大小的紙牌，並用支架把 C 羅紙牌懸掛在他頂頭球時的最高點，然後把 C 羅紙牌放在倫敦市中心，讓途人挑戰一下 C 羅的高度。有不少人嘗試過可惜失敗，有些人甚至伸手也碰不到球，結果還是由一名身高看起來有 2 米高的高大男士才可挑戰成功。

　　https://www.youtube.com/watch?v=wrZkxcSsmOw

2019 年 12 月

119.
C羅納度渡假巧遇Djokovic

　　C羅納度早前在義甲比賽以超高頭球進球成為世界足壇談論焦點，想不到連網球名將 Novak Djokovic 也想學習 C 羅的騰空絕技。

　　由於義甲處於歇冬期，因此 C 羅與家人去到中東杜拜渡假，非常敬業的 C 羅當然沒有荒廢練習，碰巧他好友 Djokovic 也在當地進行練習，所以二人相約操練體能，C 羅更在器械室與 Djokovic 切磋頭球功夫，並將相關影片上傳於 IG，看起來兩人玩得相當開心。

　　https://www.instagram.com/p/B6kmTU_ISxv/

2019 年 12 月

120.
Harry Kane 示範新療法

　　英格蘭前鋒 Harry Kane 近年已經成為世上其中一名最厲害的前鋒，自然也引來不少對手後衛的熱情招待，受點傷也避免不了。他最近在自己的 IG 上載一段影片，是只穿內褲的他跳進雪地上，他表示這是新治療方法。莫非冰鎮療法真的可以令他保持健康常駐？非也。

　　其實是由於托特勒姆熱刺在聯賽盃很早已經出局，所以在聯賽盃進行的時候，Harry Kane 和熱刺都有難得的一周休息時間，所以領隊 Jose Mourinho 念及他連年為球會和國家隊征戰之下，讓他暫時離隊跟家人到芬蘭渡假，享受身體和心靈全面休息，或許這就是 Kane 所說的新治療方法。

https://www.instagram.com/p/B6OcPtrBEYc/

2019 年 12 月

120. Harry Kane 示範新療法

國家圖書館出版品預行編目資料

球場趣聞／金竟仔、嘉安、列當度、戴沙夫　合著. —初版.—
　臺中市：天空數位圖書　2021.07
　　面：14.8*21 公分
　　ISBN：978-986-5575-44-1（平裝）

863.55　　　　　　　　　　　　　　　　　　110011872

書　　　　名：球場趣聞
發　行　人：蔡秀美
出　版　者：天空數位圖書有限公司
作　　　者：金竟仔、嘉安、列當度、戴沙夫
編　　　審：此木有限公司
製 作 公 司：羅熙有限公司
美 工 設 計：設計組
版 面 編 輯：採編組
出 版 日 期：2021 年 07 月（初版）
銀 行 名 稱：合作金庫銀行南台中分行
銀 行 帳 戶：天空數位圖書有限公司
銀 行 帳 號：006-1070717811498
郵 政 帳 戶：天空數位圖書有限公司
劃 撥 帳 號：22670142
定　　　價：新台幣 450 元整

電子書發明專利第　I　306564　號
※　如有缺頁、破損等請寄回更換

紙本書編輯印刷：
電子書編輯製作：
天空數位圖書公司 E-mail：familysky@familysky.com.tw　http://www.familysky.com.tw/
地址：40255台中市南區忠明南路787號30F國王大樓　Tel：04-22623893　Fax：04-22623863

Family Sky